此情可待成追忆

季羡林的清华缘与北大情

季羡林·著

重庆出版集团
重庆出版社

30年代初清华大学南校门（今"二校门"）近景

季羡林清华毕业照

清华大学图书馆旧照

清华学堂

清华礼堂旧照

30年代初的水木清华

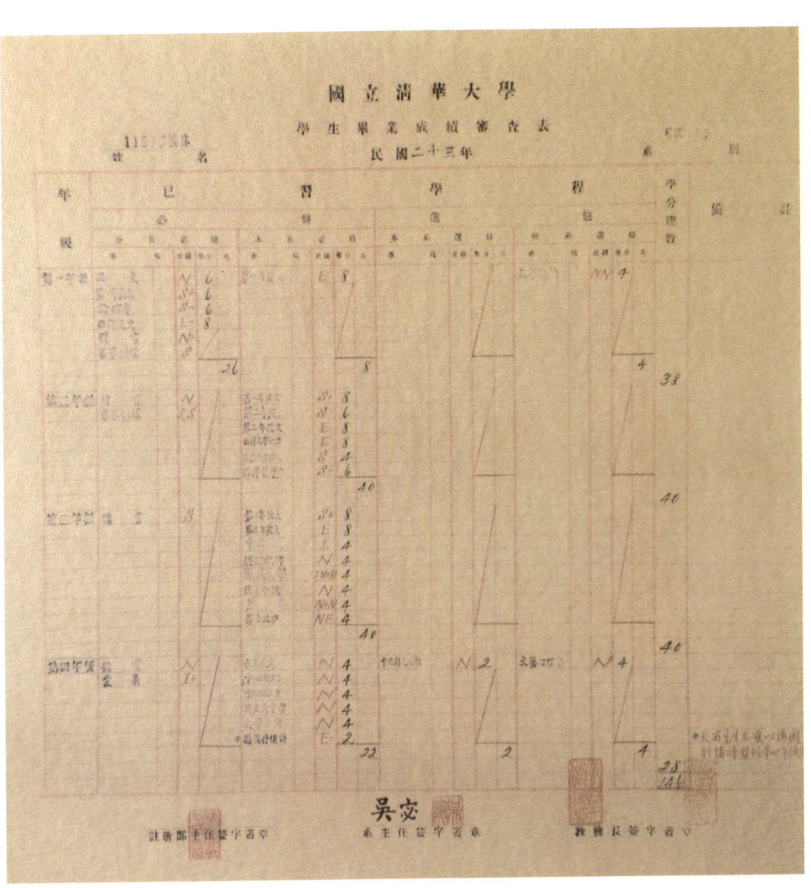

季羡林清华读书时的成绩单

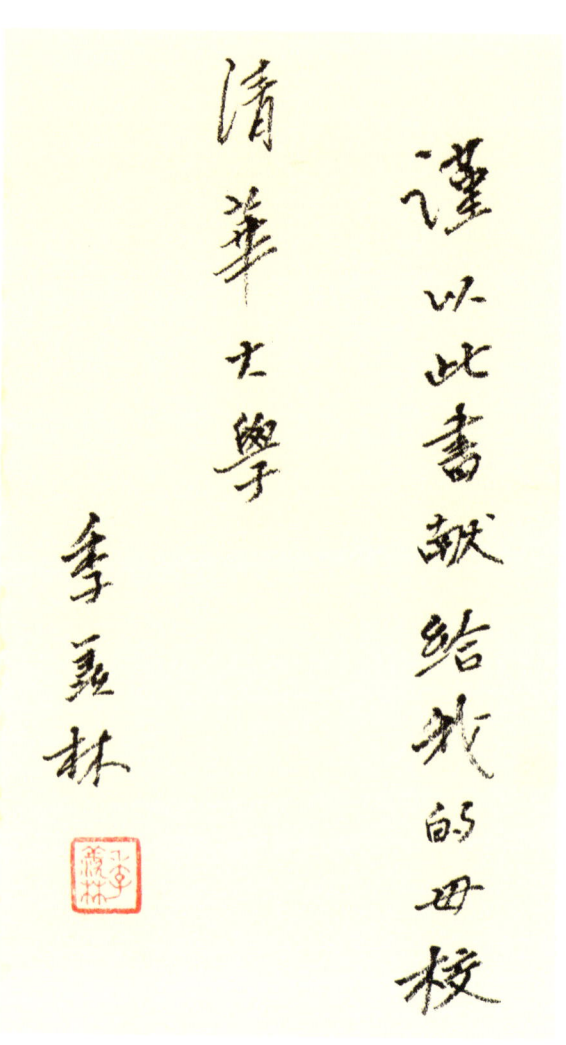

季羡林先生为《清华园日记》题字

季羡林回忆中提到的北京大学图书馆

1948年12月17日北京大学五十周年校庆留影

1985年5月，北京大学东语系举行"季羡林教授执教四十周年"庆祝活动时师生合影

过街天桥边的黄楼为20世纪50年代季羡林在成府路的住所
（此楼为梁思成先生设计）

北大红楼是1916年至1952年期间北京大学的主要校舍所在地之一，现为北京新文化运动纪念馆

季羡林先生为北京大学成立100周年题字

目　录

编者的话 / 001

代序　清华其神，北大其魂　卞毓方 / 001

第一辑　季羡林的清华缘

清华颂 / 003

梦萦水木清华 / 005

我们是暂时的，但清华却会永存 / 009

爱国必自爱校始 / 012

温馨的回忆 / 016

清华梦忆 / 019

清新俊逸的清华园 / 024

清华大学九十华诞祝词 / 029

我的心是一面镜子（节选）/ 031

入清华 / 035

清华大学的西洋文学系 / 039

终生受用的两门课 / 050

我的老师们 / 053

1930—1932年的简略回顾 / 057

第二辑　清华园日记选

第一次看梅兰芳表演 / 065

访吴宓 / 068

参与办《大公报·文学副刊》/ 070

开学典礼 / 076

"华北副叶"投稿 / 080

游西山 / 082

第一次见胡适先生 / 084

评中国作家 / 087

论诗 / 090

读荷尔德林诗 / 093

听课心得 / 100

参加文学季刊社聚会 / 103

体育锻炼 / 105

看狮子座流星雨 / 110

考试 / 112

思母情 / 117

发愿留德 / 122

心声 / 124

清华风景 / 132

第三辑　季羡林的北大情

春满燕园 / 137

燕园盛夏 / 140

春归燕园 / 144

梦萦未名湖 / 148

我和北大图书馆 / 154

汉城忆燕园 / 158

我看北大 / 166

我和北大 / 171

怀千岁之幽情，忆百年之辉煌 / 178

梦萦红楼 / 185

巍巍上庠，百年星辰 / 188

两行写在泥土地上的字 / 195

欢送北大进入新世纪新千年 / 200

北大时间最短的副教授 / 203

在北大找到了出路 / 207

记北大1930年入学考试 / 211

第四辑　北大红楼日记选

接到汤用彤先生通知被聘为北大教授 / 215

收到北大寄来的聘书 / 216

同蒋豫图谈时局 / 217

赴北大任教 / 218

在北大第一次见胡适 / 221

到清华替陈寅恪先生看房子 / 222

写研究计划 / 223

到隆福寺买书 / 224

出任东语系主任 / 226

陈寅恪到北平 / 228

北大领薪水，听胡适演讲 / 229

到汤用彤先生家过年 / 231

到陈寅恪先生家开书目 / 233

到陈寅恪家议定书价 / 235

去陈寅恪先生家付书款 / 237

回济南 / 238

编者的话

1930年,季羡林与几千名考生同聚北平,在激烈的竞争中,同时考取了北大和清华,在"鱼与熊掌不可兼得"的抉择中,他选择了清华大学。19岁进清华,23岁毕业,在清华的四年生活,是他一生中最难忘、最愉快的四年。

1934年,季羡林从清华毕业,1935年,季羡林赴德留学。1946年回国后,承清华教授陈寅恪的引荐,35岁入北大任教。当时北大规定:"国外归来的留学生,不管拿到什么学位,最高只能定为副教授。"然而仅一周时间,季羡林就被学校聘为正教授,兼文学院东方语言文学系主任,另兼文科研究所导师,开创了北大副教授转正教授时间最短的历史纪录。此后五十余年,从"春风得意马蹄疾"的青年,一直到"高堂明镜悲白发"的老人,从未离开过北大。

拥有百年以上悠久历史的清华与北大,是中国学子最向往的两座高等学府。季羡林先生的一生，与这两座高等学府结下了不解之缘，而他的文章，也多有涉及这两座高等学府之作。其中有深情回忆、有客观评价、有热情赞扬，还有以日记形式记录的自己在这两座学府中的人生印迹。本书将这些文章选编结集，按照季羡林先生在清华和北大两个不同的人生阶段划分为两个部分：一部分为"清华缘"，选编了季羡林先生晚年对于清华园的回忆和纪念性文章与早年就读清华时所记的日记。文章再现了清逸俊秀的清华之美和作者青年时期的清华教育氛围，对清华园的真切描述，是作者"最具体的生命的痕迹的记录"；而清华园日记质朴真实，读来让人感觉"身临其境"、"一片天真"，对于后来人了解八十多年前的"活的"清华有很大帮助。另一部分为"北大情"，选编了季羡林先生在北大工作、生活、研究学问的回忆性散文以及赞美北大的杂文、随笔、序跋等评价性文章，笔触所及，无不体现出先生对北大、对祖国的挚爱深情。除此之外，本书还选编了季羡林先生1946至1947年初入北大时期的日记，这部分日记虽然篇目不多，但经季老之子季承先生同意，首次选入本书出版，为本书增添了一大亮色。季承先生选编、整理这部分日记颇费心力，在此致以诚挚的谢意！

需要特别说明的是，本书中的《清华颂》、《梦萦未名湖》、《梦萦水木清华》、《清华梦忆》四篇文章，本社于2012年10月出版的《一花一世界——跟季羡林品味生活禅》中亦曾选入；本书中的《我和北大》一文，本社于2013年9月出版的《中流自在心——季羡林谈修身养性》一书亦曾选入。为了保证本书内容的完整性，仍再次编选于此。至于季羡林先生悼念与追忆清华、北大诸师友的文章，因绝大部分已选入本社2014年1月出版的《当时只道是寻常——跟季羡林品百味人生》，故此本书不再选入。

与季羡林、金克木合称为"燕园三老"的张中行先生曾评价季老说："一身而具有三种难能：一是学问精深，二是为人朴厚，三是有深情。"书名这句李商隐的"此情可待成追忆"，表达了对过往美好年华的思念，更体现了季老对这两座学府的深情。希望读者通过阅读本书，能穿越历史的时空，感受到季羡林先生所在的藤影荷声的清华与繁花满枝的北大，体会到先生曾经的内心世界，并从中得到对人生可贵的启迪和激励。

编者

2014年6月

代序　清华其神，北大其魂[1]

卞毓方

季羡林注定与北大、清华有缘。想当初，他小学毕业，只是一个目光短浅、胸无大志的主儿，临到报升学志愿了，济南城最好的中学，是省立一中，他嘛，想都不敢想，掂量来掂量去，只等而下之又下之地填了个三流的"破正谊"——用今人的眼光看，已输在起跑线上。及至高中毕业，叔父让他投考邮政局，那意思是能混个"邮务生"，这辈子就结了。嘿，孰料人家还看不上他，飨他个"名落孙山"，不予录取。弄得灰头土脸，这才掉转笔来考大学。他这会儿倒像吃了豹子心，老虎胆，国内高校，数北大、清华最有名，他就指定了考这两家。而且，不考则已，一考惊人，大名同时

---

[1] 本文原名为《一把解读季羡林的钥匙》，是卞毓方先生著作《季羡林——清华其神，北大其魂》的卷首献语。

上了两家的红榜，成了双料状元。这在当年，是刮遍济南城茶楼酒肆的新闻，更甭提在他老家清平县引发的特大轰动；这在今天，在考试制度已经规范化，也逼近老化僵化的今天，已成绝响。

季羡林十九岁进清华，二十三岁毕业，四载寒窗，奠定了百年学业的基础。1981年，他以古稀之身作《清华颂》，劈头就说："清华园，永远占据着我的心灵。回忆起清华园，就像回忆我的母亲。"季羡林过早失去了母爱，这是他刻骨铭心的痛。所幸还有补偿——还有母亲般温暖博大的清华园。在同一篇文章中，他又说："在清华的四年生活，是我一生中最难忘、最愉快的四年。在那时候，我们国家民族正处在危急存亡的紧急关头，清华园也不可能成为世外桃源。但是园子内的生活始终是生气勃勃的，充满了活力的。民主的气氛，科学的传统，始终占着主导的地位。我同广大的清华校友一样，现在所以有这一点点知识，难道不就是在清华园中打下的基础吗？离开清华以后，我当然也学习了不少的新知识，但是在每一个阶段，只要我感觉到学习有所收获，我立刻想到清华园，没有在那里打下的基础，所有这一切都是不可能的。"

1988年，季羡林又作《梦萦水木清华》，他用了八个字，概括心目中的清华校风：清新、活泼、民主、向上。作为说明，他举了三则例子，那都是有血有肉，有滋有味——

一、新生入学，第一关是"拖尸"。这是英文toss（抛、掷）的音译，具体做法：凡新生，报到之前必须先去体育馆，老生好事者列队在那里恭候，他们上来几个彪形大汉，抓住新生的双手、双脚，凌空举起，反复摇晃数次，然后抛落在垫子上。当然，什么危险也没有，垫子是软的，抛掷是讲究分寸的，如是这般，便算过关，形式大于内容，有点像《水浒传》里描写的杀威棒，又有点像政党帮派入伙结盟的手续，始于罗曼蒂克而止于形而上的神秘。谁要反抗，那是断然不行的，墙上贴着大字标语："反抗者入水！"这不是虚声恫吓，游泳池的门确实敞开着。季羡林呢，因为有一位山东老乡保驾（就是与钱锺书同班的许振德，长得人高马大，身手也相当了得，是清华篮球队的队长），免去被"拖尸"，当时自以为幸运，走了个后门，老年回首，却不胜惋惜，白白错过了一次"唯我清华""咸与清华"的洗礼。

二、敢于同教授开玩笑。二十世纪三十年代，教授月薪高达三四百元大洋，折合成实物，相当于两百多袋面粉，三四万个鸡蛋，财力雄厚，社会地位也高，进则为官为宦，退则坐拥书城，学生等闲难以接近，但这并不妨碍学生以教授为对象，大开其玩笑。譬如拿俞平伯，俞平伯在中文系授课，他常常选出一些古典诗词，摇头晃脑地吟诵，一副名士派头。诵到得意处，干脆闭上眼，仿佛完全沉浸于诗词的境界，遗世而独立，浑不知今夕是何年。蓦地，又圆睁了双目，连声夸赞："好！好！好！就是好！"学生们赶紧尖起耳朵，恭听教授先生解释好在何处，他那里却不管不顾，径自咏起下一首来了。就是这位俞先生，一天，忽然剃了个光脑壳，大摇大摆地走上讲台。这可是太前卫了！帅呆了！酷毙了！学生们立刻有了笑料，数天后，他们在自己主编的《清华周刊》上，登出一则花边新闻,说俞先生要步李叔同后尘,出家当和尚啦!换在今天,当事人一定大光其火,弄不好还要诉诸法律,讨要名誉权。俞先生么,"是真名士自风流",根本不把兹事放在心上,依旧净光着头皮,翩翩然招摇于校园,到了课堂,照旧摇头晃脑,大赞他的"好!好!好!就是好!"

又譬如拿吴宓,吴宓是西洋文学系教授,天生情种,雅好恋爱。恋爱固然可以产生佳话,但也不断催生笑话。吴宓有一首诗,开头说:"吴宓苦爱□□□(原文如此),三洲人士共惊闻。"尽管没有写出真名实姓,从押韵上看,却是欲盖弥彰,呼之欲出,清华人谁猜不出,□□□者,毛彦文也。吴宓还有一组《空轩十二首》,他在授"中西诗之比较"课时,分发给学生,据说,每首影射一位女子——吴宓酷爱《红楼梦》,这种写法,令人想起"金陵十二钗诗谜"。吴宓如此泛情,学生们岂甘寂寞,未几,《清华周刊》又有精彩表演,一位学生把吴宓组诗的第一首,今译为:"一见亚北貌似花,匝着秫秸往上爬。单独进攻忽失利,跟踪盯梢也挨刷。"下面三句,季羡林忘记了,末一句是"椎心泣血叫妈妈"。按,"亚北"者,亚洲之北也,喻指欧洲之南,即"欧阳",此乃外文系一位女生的姓(全名欧阳采薇,欧阳修三十二代女孙);此译本一出,立刻风靡清华园,其转载率、火爆度,远胜过现今手机短信流传的那些博人一笑而又笑不出品位的段子。吴先生遭此开涮,就像时下绯闻旋涡中的明星,不以为恼,反若中了大奖,尔后有了得意或失意的情诗,照样拿出来和学生分享。

三、智育与体育并进。清华源于庚子赔款，源于一场丧权辱国的灾变，因此建校之初，就提倡"知耻而后勇"的奋发精神，特点之一，是于智育之外，格外注重体育。当时有一条硬性规定：凡体育考试不及格的，不能毕业，更不能留洋。这在其他学校，是未与闻的。拿我们熟悉的闻一多和梁实秋来说，就差点绊倒在游泳池边，两位才子，跑跑跳跳还凑合，一入水，就成了铁牛儿李逵，只有手忙脚乱、拼命挣扎的份儿，怎么办？为了顺利赴美，不得不大练特练"浪里白条"张顺的那一套水上功夫，抢在毕业之前达标。比较起来，吴宓就没有那么走运了，他跳远跳远，跳而不远，一测再测，皆不及格，没奈何，只得推迟半年毕业，留下单练这一项"陆上竞技"。正因为如此，在季羡林读书的那几年，他回忆："学生一般都非常用功，但同时又勤于锻炼身体。每天下午四点以后，图书馆中几乎空无一人，而体育馆内则是人山人海，著名的'斗牛'（笔者：一种篮球游戏）正在热烈进行。操场上也挤满了跑步、踢球、打球的人。到了晚饭以后，图书馆里又是灯火通明，人人伏案苦读了。"

1935年，季羡林得母校清华的栽培，赴德留学。1946年回国，又承清华教授陈寅恪的引荐，进了北大。季羡林曾经奇怪："寅恪师为什么不把我介绍给清华，反而介绍给北大呢？"这件事，他在有机会动问的时候，没有开口，如今恩师已逝，想问也无从了，只好永世存疑。

季羡林执教北大，迄今已届六十年。他对清华的依恋，已如前述。那么，他对北大又是一番什么情思呢？1998年北大百年校庆，季羡林发表了一篇短文：《我看北大》，内中有对于这个问题的归纳。他对北大的认识是古董而又新潮的，就说这历史，他说："如果我们改一个计算办法的话，那么，北大的历史就不是一百年，而是几千年。因为，北大最初的名称是京师大学堂，而京师大学堂的前身则是国子监。国子监是旧时代中国的最高学府，已有一千多年的历史，其前身又是太学，则历史更长了。从最古的大学起，中经国子监，一直到近代的大学，学生都有以天下为己任的抱负，这也是存在决定意识这个规律造成的，与其他国家的大学不太一样。在中国这样的大学中，首当其冲的是北京大学。在近代史上，历次反抗邪恶势力的运动，几乎都是从北大开始。这是历史事实，谁也否认不掉。五四运动是其中最著名的一次。虽然名义上是提倡科学与民主，骨子里仍然是一场爱国运动。提倡科学与民主只能是手段，其目的仍然是振兴中华，这不是爱国运动又是什么呢？"绕了这样一个大弯子，袖里藏的是什么样的乾坤呢？这就是我们期待的答案。季羡林说："我在北大这样一所肩负着传承中华民族的优秀文化的，背后有悠久的爱国主义传统的学府，真正是如鱼得水，认为这才真正是我安身立命之地。我曾在一篇文章中写过：我身上的优点不多，唯爱国不敢后人。即使我将来变成了灰，我的每一个灰粒也都会是爱国的。这是我的肺腑之言。以我这样一个怀有深沉的爱国思想的人，竟能在有悠久爱国主义传统的北大几乎度过了我的一生，我除了有幸福之感外，还有什么呢？还能何所求呢？"

2006年元月，笔者动手写作季羡林传记，其间一个绞尽脑汁的难题，就是如何把握传主的风格。你可以强调他的渊博，他的朴实，他的勤奋，他温和而倔强，洒脱而严谨，清澈而幽默……但是，说来说去，总觉得还差那么一点点，隔那么一点点，不够传神。直至有一天，读到他关于北大派和清华派的话题——这话题不是季先生引起的，也不为他所认可，出于凑热闹，后来也参与了——他说："北大和清华有没有差别呢？当然有的。据我个人的印象，在过去相当长的时间内，在国内和国际上的地位方面，在对中国教育、学术和文化的贡献方面，两校可以说是力量匹敌，无从轩轾。这是同一性。但是，在双方的风范——我一时想不出更确切的词儿，姑且用之——方面，却并不相同。如果允许我使用我在拙文《门外中外文论絮语》中提出来的文艺批评的话语的话，我想说，北大的风范可用人们对杜甫诗的评论'沉郁顿挫'来概括。而对清华则可用杜甫对李白诗的评价'清新俊逸'来概括。这是我个人的印象，但是我自认是准确的。至于为什么说是准确，则决非三言两语能够解释清楚的，这个问题就留给大家去揣摩吧。"（《漫谈北大派和清华派》）一个"清新俊逸"，一个"沉郁顿挫"，我心头一亮，突然悟到，季羡林清华毕业，北大执教，在他身上，这两种风范是水乳交融、恰到好处地掺和在一起的。当初读大学，他只能选定一家，一脚不能踩清华、北大两条船；如今论风格，则可兼容并包，涵融荟萃。简而言之，他的清新俊逸似李白，他的沉郁顿挫似杜甫，正所谓"清华其神，北大其魂"。此念一出，原有的难题即迎刃而解。我于是决意拿这八个字,作为解读季羡林的钥匙。是耶?非耶?这自然是仁者见仁、智者见智,或谓"帆随湘转,望衡九面",而各得其一的了。区区不才,颇觉"此中有真意,欲辨已忘言"。

  谨以此为序。

第一辑

季羡林的清华缘

清华颂

清华园,永远占据着我的心灵。回忆起清华园,就像回忆我的母亲。

又怎能不这样呢?我离开清华已经四十多年了,中间只回去二三次。但是每次回到清华园,就像回到母亲的身边,我内心深处油然起幸福之感。在清华的四年生活,是我一生中最难忘、最愉快的四年。在那时候,我们国家民族正处在危急存亡的紧急关头,清华园也不可能成为世外桃源。但是园子内的生活始终是生气勃勃的,充满了活力的。民主的气氛,科学的传统,始终占着主导的地位。我同广大的清华校友一样,现在所以有这一点点知识,难道不就是在清华园中打下的基础吗?离开清华以后,我当然也学习了不少的新知识,但是在每一个阶段,只要我感觉到学习有所收获,我立刻想到清华园,没有在那里打下的基础,所有这一切都是不可能的。

但是清华园却不仅仅是像我的母亲，而且像一首美丽的诗，它永远占据着我的心灵。

又怎能不这样呢？清华园这名称本身就充满了诗意。它的自然风光又是无限的美妙。每当严冬初过，春的信息，在清华园要比别的地方来得早，阳光似乎比别的地方多。这里的青草从融化的雪地里探出头来，我们就知道：春天已经悄悄地来了。过不了多久，满园就开满了繁花，形成了花山、花海。再一转眼，就听到满园蝉声，荷香飘溢。等到蝉声消逝，荷花凋零，红叶又代替了红花，"霜叶红于二月花"。明月之夜，散步荷塘边上，充分享受朱自清先生所特别欣赏的"荷塘月色"。待到红叶落尽，白雪渐飘，满园就成了银妆玉塑，"既然冬天已经到了，春天还会远吗？"我们就盼望春天的来临了。在这四时变换、景色随时改变的情况下，有一个永远不变的背景，那就是西山的紫气。"烟光凝而暮山紫"，唐朝王勃已在一千多年以前赞美过这美妙绝伦的紫色了。这样，清华园不是一首诗而是什么呢？

在人生的道路上，我已经走了不短的一段路。看来我要走的道路也还不会是很短很短的，对我来说，清华园这一幅母亲的形象，这一首美丽的诗，将在我要走的道路上永远伴随着我，永远占据着我的心灵。

1981年1月22日

梦萦水木清华

离开清华园已经五十多年了,但是我经常想到她,我无论如何也忘不掉清华的四年学习生活。如果没有清华母亲的哺育,我大概会是一事无成的。

在30年代初期,清华和北大的门槛是异常高的。往往有几千学生报名投考,而被录取的还不到十分甚至二十分之一。因此,清华学生的素质是相当高的,而考上清华,多少都有点自豪感。

我当时是极少数的幸运儿之一,北大和清华我都考取了。经过了一番艰苦的思考,我决定入清华。原因也并不复杂,据说清华出国留学方便些。我以后没有后悔。清华和北大各有其优点,清华强调计划培养,严格训练;北大强调兼容并包,自由发展,各极其妙,不可偏执。

在校风方面,两校也各有其特点。清华校风我想以八个字来概括:清新、活泼、民主、向上。我只举几个小例子。新生入学,第一关就是"拖尸",这是英文字"toss"的音译。意思是,新生在报到前必须先到体育馆,旧生好事者列队在那里对新生进行"拖尸"。办法是,几个彪形大汉把新生的两手、两脚抓住,举了起来,在空中摇晃几次,然后抛到垫子上,这就算是完成了手续,颇有点像《水浒传》上提到的杀威棍。墙上贴着大字标语:"反抗者入水!"游泳池的门确实在敞开着。我因为有同乡大学篮球队长许振德保驾,没有被"拖尸"。至今回想起来,颇以为憾:这个终生难遇的机会轻轻放过,以后想补课也不行了。

这个从美国输入的"舶来品",是不是表示旧生"虐待"新生呢?我不认为是这样。我觉得,这里面并无一点敌意,只不过是对新伙伴开一点玩笑,其实是充满了友情的。这种表示友情的美国方式,也许有人看不惯,觉得洋里洋气的。我的看法正相反。我上面说到清华校风清新和活泼,就是指的这种"拖尸",还有其他一些行动。

我为什么说清华校风民主呢?我也举一个小例子。当时教授与学生之间有一条鸿沟,不可逾越。教授每月薪金高达三四百元大洋,可以购买面粉二百多袋,鸡蛋三四万个。他们的社会地位极高,往往目空一切,自视高人一等。学生接近他们比较困难。但这并不妨碍学生开教授的玩笑。开玩笑几乎都在《清华周刊》上。这是一份由学生主编的刊物,文章生动活泼,而且图文并茂。现在著名的戏剧家孙浩然同志,就常用"古巴"的笔名在《周刊》上发表漫画。有一天,俞平伯先生忽然大发豪兴,把脑袋剃了个净光,大摇大摆,走上讲台,全堂为之愕然。几天以后,《周刊》上就登出了文章,讽刺俞先生要出家当和尚。

第二件事情是针对吴雨僧(宓)先生的。他正教我们"中西诗之比较"这一门课。在课堂上,他把自己的新作《空轩》十二首诗印发给学生。这十二首诗当然意有所指,究竟指的是什么?我们说不清楚。反正当时他正在多方面地谈恋爱,这些诗可能与此有关。他热爱毛彦文是众所周知的。他的诗句:"吴宓苦爱□□□(毛彦文),三洲人士共惊闻。"是夫子自道。《空轩》诗发下来不久,校刊上就刊出了一首七律今译,我只记得前一半:

一见亚北貌似花,顺着秋秸往上爬。

水木清华,出自晋人谢混的诗句"水木湛清华"

单独进攻忽失利，跟踪盯梢也挨刷。

最后一句是："椎心泣血叫妈妈。"诗中的人物呼之欲出，熟悉清华今典的人都知道是谁。

学生同俞先生和吴先生开这样的玩笑，学生觉得好玩，威严方正的教授也不以为忤。这种气氛我觉得很和谐有趣。你能说这不民主吗？这样的琐事我还能回忆起一些来，现在不再啰唆了。

清华学生一般都非常用功，但同时又勤于锻炼身体。每天下午四点以后，图书馆中几乎空无一人，而体育馆内则是人山人海，著名的"斗牛"正在热烈进行。操场上也挤满了跑步、踢球、打球的人。到了晚饭以后，图书馆里又是灯火通明，人人伏案苦读了。

根据上面谈到的各方面的情况，我把清华校风归纳为八个字：清新、活泼、民主、向上。

我在这样的环境中生活、学习了整整四个年头，其影响当然是非同小可的。至于清华园的景色，更是有口皆碑，而且四时不同：春则繁花烂漫，夏则藤影荷声，秋则枫叶似火，冬则白雪苍松。其他如西山紫气，荷塘月色，也令人忆念难忘。

现在母校八十周年了，我可以说是与校同寿。我为母校祝寿，也为自己祝寿。我对清华母亲依恋之情，弥老弥浓。我祝她长命千岁，千岁以上。我祝自己长命百岁，百岁以上。我希望在清华母亲百岁华诞之日，我自己能参加庆祝。

1988年7月22日

我们是暂时的，但清华却会永存[1]

唐代大诗人元稹有一首著名的诗："寥落古行宫，宫花寂寞红。白头宫女在，闲坐说玄宗。"讲的是唐玄宗的一座行宫，在开元、天宝时期，一定是富丽堂皇，美轮美奂。然而，时移世迁，沧海桑田，到了今天，已经寥落不堪，狐鼠成群。当年大概也属于"后宫粉黛三千人"的一些宫女，至今已老迈龙钟，便被流放在这一座离宫中，白发青灯，宫花寂寞。剩给她们的只是寂寞、孤独、凄凉、悲伤；留给她们的只有回忆，回忆当年的辉煌，从中吸取点温馨。她们大概都是相信轮回转生的，她们赖以活下去的希望，大概只有渺茫幽杳的来生了。

现在收入我们这一本集子中的文章，都属于回忆一类，是清华人自己回忆水木清华的。写的人有的出身于清华学校，有的人出身于清华大学；有的人已经离开人世，有的人还活在人间。活着的

---

[1] 本文为季羡林先生为《世纪清华》所作的序，标题为编者所加。

人大都已成了"白头宫女",这一点是毫无疑问的。但是,同样是回忆,我们今天清华人的回忆,却同唐代的老宫女迥异其趣,有如天渊。我们不是"闲坐说玄宗",我们是"白头学士在,忙中说清华"。我们一不寂寞、孤独,二不凄凉、悲伤,我们绝不是"发思古之幽情"。那么,我们为什么写这样的回忆文章呢?

几年以前,我曾揭橥一义:怀旧回忆能净化人们的灵魂,能激励人们的斗志,能促使人们前进,能扩大人们的视野。试读集中的文章,或回忆水木清华之明秀;或回忆图书馆收藏之丰富和实验室设备之齐全;或回忆恩师们之传道授业,谆谆教诲;或回忆学友们之耳鬓厮磨,切磋琢磨。清华园的一山一水、一草一木,师友们的一颦一笑、一词一语,无不蕴含着无量温馨。西山紫气,东海碧波,凝聚于清华园中,幻成一股灵气。天宝物华,地灵人杰,几十年来清华造就了大量人才,遍布全中国,扩大到全世界,行当不同,各界都有,而且都或多或少地做出了自己的贡献,岂无因哉!回忆到这一切的时候,哪一个清华人会不感到温馨,感到自豪呢?白头学士,忙说清华,岂无故哉!在这样的情况下,我们的忆旧,能不净化我们的灵魂吗?

"净化"二字是我从古代希腊Catharsis一词借来的。古希腊哲学家主张悲剧能净化人们的灵魂。他们自有一番说法,是很能持之有故,言之成理的。我借来一用,也有我的说法。我同古希腊的说法,不是没有相通之处的,但是,基本上是"外为中用,古为今用"的。我相信,我的说法也是能持之有故,言之成理的。这个"净化说"能不能用到唐朝的"白头宫女"身上，我姑且存而不论。用到清华的"白头学士"身上，却是毫无疑义的。今天清华的"白头学士"也同唐代"白头宫女"一样会看到我们的未来。但是，我们的未来绝不是来生。那一套我们是不相信的，也是用不着相信的。我们要看的未来是就要来到我们眼前的21世纪，以及其后的还不知道多少世纪。今天的清华已经有了过去的辉煌和眼前的辉煌。但是，清华人——其中包括本书中忆旧的这一批清华人在内——并不满足于过去的辉煌和眼前的辉煌。我们看得更远，更高。我们看到的是比过去和眼前辉煌到不知多少倍的未来的辉煌，我们对全中国和世界还会做出更大的贡献。我们这些"白头学士"虽然垂垂老矣，但是我们是有后来人的。清华今天在校的学生，以及还不知道有多少届未来的学生，都是后来人。我们是暂时的，但清华却会永存。

1998年7月28日

爱国必自爱校始[1]

是由于因缘和合呢，还是出于一种什么神力？清华大学竟然诞生在"水木清华"这个地方。"清华"二字连用，中国古代典籍中已有先例，十分确切的解释也还没有。我们现在就利用模糊语言的理论，先模糊它一下子。一看到"清华"这两个字连在一起，立即产生一个印象：清新俊逸，生机盎然。我想，这是人之常情。奇怪的是，将近九十年来的清华学风和校风，我认为，只有这八字可以概括。

先放下我这一套拆字算卦的把戏，谈一点实际的问题，说一点实际的经验和体会。在全国两座最高学府北大和清华这一个双子星座中，我在清华待过四年，在北大待了五十二年，我应该说是最有资格谈论两个学校的个性的人。两个学校当然有一些共同的地方，比如永远革命，永远向前，重视学术，重视育才，同为我们国家培

---

[1] 本文为季羡林先生为《清华旧影》所作的序，标题为编者所加。

华，我们回忆良师益友，我们回忆园中的一草一木，一山一水，我们回忆一切美好的东西，所有这一些回忆带给我们的是一种无法用言语形容的温馨。我们的母校清华是极端可爱的，由不得我们不去爱她。但是清华是伟大祖国的一部分，西山紫气，东海碧波，共同成为清华的屏障和背景。这些都是伟大祖国的一部分，由不得我们不爱我们伟大的祖国。爱国必自爱校始。

"难道你们这一部书是只给清华人看的读的吗？"我仿佛听到有人这样质问了。我敬谨答曰："不是，绝对不是！"清华非清华人之清华，她是全国十几亿人口的清华，谁也没有权力把清华据为己有。况且，以中国之大，除了清华外，还有许许多多别的大学，哪一个大学的人不热爱自己的学校呢？再况且，以中国之大，除了大学以外，还有别的组织机构。除了组织机构以外，还有广大的人民群众和广大的地区。如果每个人都爱自己的地区和机构，都爱自己的学校，这一些都是极其珍贵的"小爱"。如果清华人以外的人也都读一读我们这一本绝非专为清华人所写的书，他们也都会感受到一种温馨，一种爱。把这些"小爱"融合在一起，一定会孕育出一种其大无垠的"大爱"，大家共同爱我们伟大的祖国。

1998年7月29日

温馨的回忆

一想到清华图书馆,一股温馨的暖流便立即油然涌上心头。

在清华园念过书的人,谁也不会忘记两馆:一个是体育馆,一个就是图书馆。

专就图书馆而论,在当时一直到今天,它在中国大学中绝对是一流的。光是那一座楼房建筑,就能令人神往。淡红色的墙上,高大的玻璃窗上,爬满了绿叶葳蕤的爬山虎。解放后,曾加以扩建,建筑面积增加了很多,但是整个建筑的庄重典雅的色调,一点也没有遭到破坏。与前面雄伟的古希腊建筑风格的大礼堂,形成了双峰并峙的局面,一点也不显得有任何逊色。

至于馆内藏书之多,插架之丰富,更是闻名遐迩。不但能为本校师生服务,而且还能为外校,甚至外国的学者提供稀有的资料。根据我的回忆,馆员人数并不多,但是效率极高,而且极有礼貌,有问必答,借书也非常方便。当时清华学生宿舍是相当宽敞的,一间屋住两人，每人一张书桌，在屋里读书也是很惬意的。但是，我们还是愿意到图书馆去，那里更安静，而且参考书极为齐全。书香飘满了整个阅览大厅，每个人说话走路都是静悄悄的。人一走进去，立即为书香所迷，进入角色。

我在校时，有一位馆员毕树棠老先生，胸罗万卷，对馆内藏书极为熟悉，听他娓娓道来，如数家珍。学生们乐意同他谈天，看样子他也乐意同青年们侃大山，是一个极受尊敬和欢迎的人。1946年，我出国十多年以后，又回到北京，是在北京大学工作。我打听清华的人，据说毕老先生还健在，我十分兴奋，几次想到清华园去会一会老友，但都因事未果，后来听说他已故去，痛失同这位鲁殿灵光见面的机会，抱恨终天了。

清华大学图书馆

书籍是人类文化和智慧的最重要的载体。世界各国、各地，只要有文字有书籍的地方，书籍就必然承担起这个十分重要的责任。没有书籍，人类文化的发展，人类社会的进步，就会受到极大的影响，遇到极大的障碍，延缓前进的步伐。而图书馆就是储存这些重要载体的地方。在人类历史上，世界上各个国家，中国的各个朝代，几乎都有类似今天图书馆的设备。这是人类文化之所以能够代代传承下来的重要原因，我们对图书馆必须给予最高的赞扬。

清华大学，包括留美预备学堂和国学研究院在内，建校八十来年以来，颇出了一些卓有建树、蜚声士林的学者和作家。其中原因很多，但是校歌中说的"西山苍苍，东海茫茫；吾校庄严，巍然中央"，这是形象的说法，说得很玄远，其意不过是说清华园有灵气。园中的水木清华、荷塘月色等等，都是灵气之所钟。在这样有灵气的地方，又有全国一流的学生，有一些全国一流的教授，再加上有这样一个图书馆，焉得不培养出一些优秀人才呢！

我一想到清华图书馆，就有一种温馨的回忆，我永远不会忘记清华图书馆。

1999年6月15日于香山饭店

清华梦忆

人有人格,国有国格,校也有校格。

就以北大和清华而论,两校同为全国最高学府,共同之处当然很多,但是不同之处也颇突出。这就是所谓两校校格不同。

不同之处究竟何在呢?

这是一个大题目,恐怕开上几次国际研讨会,也难以说得明白的。我现在不揣谫陋,聊陈己见。

整整七十年前,在1930年,我从山东到北京(平)来考大学。来自五湖四海的五六千学生,心目中最高的目标就是北大和清华。但是这两所大学门槛是异常高的,往往是几十个学生中才能录取一个。我有幸被两所大学都录取了。由于我幻想把自己这一个渺小粗陋的身躯镀上一层不管是多么薄的金子,好以此吓唬人,抢得一只好饭碗,而镀金只能出国留学,留学的机会清华比北大多一些,所以我就舍北大而取清华。

在清华住了一段时间以后，对清华的校格逐渐明确了，最后形成了初步的看法。我在北大有不少朋友，言谈之间，也了解到了北大的一些情况，于是对北大的校格也逐渐形成了一个明确的概念。我恍然小悟：两所大学的校格原来竟是有许多不同之处的。

我从小处谈起，先举一个小例子。在清华，呼唤服务的工人，一般都叫作"工友"。在北大，据说是叫"听差"。而在朝阳大学则是"茶房"。在清华，工人和教师、学生处于平等的地位上。在北大则处于主仆的地位。而在朝阳大学则是处于雇客与旅馆杂役的地位。这是一件十分细微的末节，然而却是多么生动，多么清楚，又多么耐人寻味。

其中原因，我认为，并不复杂。清华建立的基础是美国退还的

清华"二校门"

庚子赔款，完全受美国的影响，受资本主义的影响，身上没有封建的包袱。而北大则是由京师大学堂转变成的，身上背着几千年的封建传统。好的方面是文化基础雄厚，坏的方面是封建主义严重。我听人说到过——据说这并不是笑话，北大初建时，学习西方，有体操一门课，聘请了专门的体操教员，这些人当然都是平头老百姓。而被他们训练的学生则很多都是世荫的二三品大员。教员发口令时，不敢明目张胆地喊出"立正！""稍息！"于是想出了一个奇妙的办法，改变舶来的口令，大喊："老爷们立正！""老爷们稍息！"从这些小事儿也可以看出来，清华多的是资本主义，北大多的是封建主义。

但是，稍有一点辩证法常识的人都会知道，世间事物都是一分为二的。北大的封建主义也能产生好的效果，如果北大没有这样浓重的封建传统或者气氛，五四运动，即使是注定要爆发，也决不会是在北大。你能够想象清华会爆发反封建的五四运动吗？即使1919年清华已经建成了大学，而不是留美预备学校，这样的事情也决不会出现的。人们常说，坏事变好事，北大的封建传统促成了改变中国面貌的启蒙运动，不正证实了这一句话吗？

五四运动对中国，特别是对中国学界，更特别是对北大，留下了深远的影响。北大学生继承了自东汉太学生起就有了的关心国家大事，天下兴亡、匹夫有责的爱国主义传统，对政治动向特别敏感，到了五四运动，达到了一个高潮。从那以后，历届学生运动几乎都从北大开始就是一个证明。在这方面，清华并不落后，

"一二·九"运动就是一个生动的例证。在这一点上,清华与北大是有相同之处的。

我在清华待了四年,而在北大则已经待了五十四年,是清华的十几倍。我一直到今天还在不断考虑两校同异的问题。我一向不赞成西方那种以分析的思维模式为基础的一、二、三、四,A、B、C、D的分析方法,而垂青于中国的以综合的思维模式为基础的评断方法。

中国古代月旦人物,品评艺术,都不采用分析的方法,而是选用几个简单的、生动的、形象的,看似模糊而实则内涵极为丰富的词语,形神毕具,给人以无量的暗示能力,给人以无限的想象活动的余地。

根据这一条准则,我用四个字来表示清华的校格,这四个字是:清新俊逸。给北大的则是:凝重深厚。二者各有千秋,无所轩轾于其间。但二者是能够,也是必须互相学习的。这样做是互补的,两利的。谁要是想成为"老子天下第一",那就必然会是"可怜无补费精神"。

以上是我对北大和清华两校校格的看法,也是我对两校的希望和祝福。

在母校将庆祝成立九十年华诞之际,《清华大学学报》(哲社版)的副主编刘石教授写信给我,要我写点纪念文字。这是我义不容辞的。但是,可写的东西真是太多太多了。想来想去,终于决定了写上面这一番怪论。我自己说它是"怪论",这是我以退为进的手法，我是一点也不觉得它有什么"怪"的。如果我真正认为它怪，我就决不会写出来出自己的丑。我认为，这是我一家之言，是长期思考的结果。我希望能够在北大、清华两校找到一些知音。

2000年11月7日

清新俊逸的清华园[1]

　　清华园，简单淳朴的三个字，但却似乎具有极大的启示性，极深邃的内涵。谁见了不会油然从内心深处漾起一缕诗情画意呢？人们眼前晃动的一定会是水木明瑟，花草葳蕤，宛如人间的桃源，天上的净土。

　　记得在七十一年前，1930年夏天，我从山东到北京来投考大学。当时我年少气盛，不知天高地厚，幼稚到可爱的程度，别的同学都报六七个大学，我却只报了清华和北大。这是中国最顶尖的两所大学，一直到今天，八九十年来，始终是千千万万青年学子向往的地方。当年我的狂妄居然得逞，两所大学都录取了我。我为了梦想留洋镀金，终于选中了清华，成了清华的学生、校友。我生平值得骄傲的事情不多，这是其中之一。

　　闲话少说，我想讲的是当年入学考试的国文作文题目。清华出

---

[1] 本文为季羡林先生为《名家绘清华》所作的序言，标题为编者所加。

的是"梦游清华园记"。因为清华离城远,所以借了北大北河沿三院做考场,学生基本上都没有到过清华园,仅仅凭借"清华园"这三个字,让自己的幻想腾飞驰骋,写出了妙或不妙的文章。我的幻想能力自谓差堪自慰,大概分数不低,最终把我送进了清华园。在这里,我还想顺便补充几句:那一年,北大出的国文作文题是"何谓科学方法,试分析详论之"。两校对照,差别昭然。去年,我曾根据我在清华四年,在北大五十六年的观察与反思,写了一篇谈两校校格不同的文章,我认为北大是深厚凝重,清华是清新俊逸。例证当然是很多的。仅仅从上面谈到的入学考试国文题目上不也就能参透其中的消息吗?

一走进清华园,我立刻对照我那一场人造的梦来检验梦中的清华园和现实的清华园有多大的差距。差距当然会有的,而且会极大。在梦中只能有一团团模糊的影像,但是,在现实中却有巍峨壮丽的校门,古色古香的清华学堂的匾额,美轮美奂的欧洲古典式的大礼堂,绿荫满窗的大图书馆等等,等等。在自然景观方面又有水木清华,荷塘月色,西山紫气,三秋红叶。这一切都是在梦中绝不可能见到的。但是,梦中的水木明瑟,花草葳蕤,却是一点也不差的。这颇给了自己一点慰藉。

星换斗移,时移事迁,与我同寿的母校到今年整整九十岁了。这是清华校史上的一件大事,热烈庆祝是义不容辞的。庆祝的方式多种多样,自在意中。我认为,其中最能别开生面的一种就是清华同方集团邀请国内外著名画家描绘清华的自然风光,新老建筑,兼及著名学者和行政领导，并选出其中优秀作品，编纂成册，名之曰《名家绘清华》，出版问世。这实在可以说是一件心裁别出意义深远的举措。这样的画册，对向往清华想投考清华的青年学子来说，他们看了一定会狂喜不已，更增强了报考的决心。他们用不着再写"梦游清华园记"那样的文章了，他们梦想的人间仙境就历历摆在眼前。对新老校友来说，他们毕业有先后，术业有专精，现在遍布全国、全世界，看到了绘画，一定会唤起思古之幽情，望母校之风光，感平生于畴昔，一定增强对母校的热爱，加深对母校的向心力。这一点是完全可以肯定的，用不着丝毫怀疑的。看了这些绘画，我自己的感受怎样呢？在这方面，我可以说是有独特的优势。我曾梦游过清华园，又曾在长达四年的时间内，亲自把梦境与现实对照过。而今，在七十一年以后，又看到这样一些优秀艺术家的绘画，琳琅满目，美不胜收。在艺术家的生花妙笔下，清华园活脱脱地站在我眼前。艺术家的本领在于，出于自然，而又高于自然，他们画出了清华园的形，又画出了她的神。歌德在他的《谈话录》中曾有一个绝妙的说法，说艺术家能改变自然。眼前的这一本画册，就是艺术家改变清华园的结集。在这里，我忍不住要引徐葆耕教授的话，给自己脸上贴点金。他说，相当多的艺术家同我所说的清新俊逸有近似的感觉，绘画的色彩洋溢着春天的生命气息。听到这些话，我不禁颇有一点手舞足蹈扬扬得意了。

文章写到这里，本来可以打住了。但是我意犹未尽，想再引申一下，写了下去。这个关键的灵感是清华同方集团带给我的。

这个集团所从事的业务是高科技的应用和发展。用一般人的通俗说法来表示就是理工科，就是科技。这是目前最走俏的大潮。不少的人认为，建设一个国家，只要有科技就行了。其实这是一种短见。建国不能没有科技，但是只有科技也还不够全面。科技必须辅之以与之并提的人文社会科学，在一些人的口中就是文科。二者相辅相成，互相促进，人类社会才能前进，人类文化才能发展。可惜的是，这一正确的观点并不为所有人所共有。同方文化公司的领导们具有远见卓识，同意这个观点，并且身体力行，《名家绘清华》这样的书于焉产生，这一个并没有大肆宣扬的行动，实有极其深远的意义，定能受到全体清华人以及整个学术界和企业界的欢迎与赞美。

综观清华九十年的历史，走的并不是一条平坦的阳关大道。1952年以前，清华是一所具有文、理、法、工、农的综合大学。院系调整以后，清华成了单一的工科大学，连理科都被排挤出来。这个决定当时是否正确，我不敢说。但是，经过了以后三四十年的实践，却证明了它是缺乏远见的。清华大学当局于是当机立断，决定恢复人文社会科学院系。锲而不舍，勇往直前，在不太长的时间内，成绩已灿然可见，斐然可观，一个新的充满了活力的清华正在腾飞。最近又与工艺美术学院合并，清华万象，更加更新。这引起了一个大科学家李政道教授和一个大艺术家吴冠中教授联袂携手共辟新的教学和科研的途径的做法。他们想把科学与艺术融会贯通，培养完全新型的艺术科学家和科学艺术家。这是一条文理结合的具体的新途径，前途正未可限量。

我在上面讲到的我对清华园的印象：清新俊逸，这不仅仅指的是清华园的自然风光，而更重要的指的是清华精神。什么叫"清华精神"呢？我的理解就是：永葆青春，永远充满了生命活力，永远走向上的道路。缅怀过去九十年的历史，审视当前发展的情况和动向，我不能不得到这样的印象。我离开清华已经六十七年了。最近半个多世纪，我在北大工作。但是，燕园与清华园相距咫尺，弦歌之声可以相闻。特别是最近若干年以来，清华在努力恢复人文社会科学的院系，我到清华参加会议的机会就多了起来。作为清华的老校友，我十分关心母校的发展，只要有可尽力之处，我一定会尽上我的绵薄。这里面难免掺杂上了一点报恩思想：没有清华，就没有我的今天，清华园毕竟是我的学术生涯起步之处，我虽然身不在清华，但心却从未离开那里。

我想，现在遍布五湖四海的清华校友也无不如此。清华的一切成就我都感同身受。眼前清华蒸蒸日上的局面，我老汉看了也不禁"漫卷诗书喜欲狂"了。我相信，清华将同像北大这样的友校一起，永葆青春，永远充满了活力，阔步向前，巍然立于世界名校之林，为我们伟大祖国增添无量光辉。

2001年2月18日

清华大学九十华诞祝词

清华留美预备学堂创建于1911年，而北大定名为北京大学则在1912年。可见北大清华两校按照西方办学模式办学，起步实为同时。欧洲各大国自中世纪以来即先后创办大学，至今已有数百年之历史，规模组织，大同小异。此种教育制度，随殖民主义之东扩而前进。印度首当其冲，日本继之，而中国为最晚。直至19世纪末20世纪初始陆续有以西方模式为基础之大学，北大清华皆是也。然而两校之历史背景则颇多不同。北大承将近二千年来国家最高学府太学或国子监之传统，优点在于文化积淀既深且厚，不足之处则在旧影响时有表露。清华则自发轫之初，即追踪美国，惟妙惟肖，巨细不遗。以是，两校虽逐渐并肩发展为中国最高学府，而校格校风迥然不同、各有短长，不能厚此而薄彼也。至若两校办学方针，则皆可归纳为三会通：古今会通，中西会通，文理会通。合而言之，即将古今中外之文化精华融会而贯通之，将文理之畛域冲破，使之互相影响也。前二者明白易懂，无待赘述。至于第三者，则知之者少，尚须稍加诠释。七八十年前五四运动前后，蔡元培先生掌北大，以极有远见之睿智提出文理会通之倡议。至30年代前后，北大为文科学生开设科学方法课，盖亦寓文理会通之意。清华则规定：凡文科学生必选修一门理科课程。如无力或不愿，则可以逻辑代，于是逻辑课堂爆满矣。今岁初，清华大科学家李政道教授与大艺术家吴冠中教授联袂提出科学与艺术相结合之倡议，已出版专著，图文并茂，成绩斐然，此盖文理会通进一步之发展，意义重大，对北大有极重要之启示。时至今日，北大清华校舍已部分接壤，两校弦歌之声相闻，师生往来频繁，似应进一步加强两校之联系与协作，诸如个别教师交换授课，部分图书馆与实验室互通有无，如此必能扩大学生之眼界，避免近亲繁殖之弊端，利莫大焉。今者世界已进入新世纪新千年。纵观全国全球之教育大势，北大清华宛如双峰并峙，一时瑜亮，此绝非个人私言，实天下之公言也。我两校任重而道远，加强协作，互相砥砺，刻不容缓，似应寓竞争于协作之内，扬优点于互补之中，发扬中华优秀文化，吸收世界先进之文教科技，持之以恒，锲而不舍，假以时日，则所谓世界一流大学之桂冠，必将实至名归也。值此清华大学庆祝九十华诞之际，谨缀俚词，为清华寿。我两校其共勉之！

2001年3月28日

我的心是一面镜子（节选）

1930年夏天，我们高中一级的学生毕了业。几十个举子联合"进京赶考"。当时北平的大学五花八门，国立、私立、教会立，纷然杂陈，水平极端参差不齐，吸引力也就大不相同。其中最受尊重的，同今天完全一样，是北大与清华，两个"国立"大学。因此，全国所有的赶考的举子没有不报考这两所大学的。这两所大学就仿佛变成了龙门，门槛高得可怕。往往几十人中录取一个。被录取的金榜题名，鲤鱼变成了龙。我来投考的那一年，有一个山东老乡，已经报考了五次，次次名落孙山。这一年又同我们报考，也就是第六次，结果仍然榜上无名。他精神失常，一个人恍恍惚惚在西山一带漫游了七天，才清醒过来。他从此断了大学梦，回到了山东老家，后不知所终。

我当然也报了北大与清华。同别的高中同学不同的是，我只报这两个学校，仿佛极有信心——其实我当时并没有考虑这样多，几乎是本能地这样干了——别的同学则报很多大学，二流的、三流的、不入流的，有的人竟报到七八所之多。我一辈子考试的次数成百成千，从小学一直考到获得最高学位，但我考试的运气好，从来没有失败过。这一次又撞上了喜神，北大和清华我都被录取，一时成了人们羡慕的对象。

但是，北大和清华，对我来说，却成了鱼与熊掌。何去何从？一时成了挠头的问题。我左考虑，右考虑，总难以下这一步棋。当时"留学热"不亚于今天，我未能免俗。如果从留学这个角度来考虑，清华似乎有一日之长。至少当时人们都是这样看的。"吾从众"，终于决定了清华，入的是西洋文学系（后改名为外国语文系）。

在旧中国，清华西洋文学系名震神州。主要原因是教授几乎全是外国人，讲课当然用外国话，中国教授也多用外语（实际上就是英语）授课。这一点就具有极大的吸引力。夷考其实，外国教授几乎全部不学无术，在他们本国恐怕连中学都教不上。因此，在本系所有的必修课中，没有哪一门课我感到满意。反而是我旁听和选修的两门课，令我终生难忘，终生受益。旁听的是陈寅恪先生的"佛经翻译文学"，选修的是朱光潜先生的"文艺心理学"，就是美学。在本系中国教授中，叶公超先生教我们大一英文。他英文大概是好的，但有时故意不修边幅，好像要学习竹林七贤，给我没有留下好印象。吴宓先生的两门课"中西诗之比较"和"英国浪漫诗人"，给我留下了深刻的印象。

此外，我还旁听了或偷听了很多外系的课。比如朱自清、俞平伯、谢婉莹（冰心）、郑振铎等先生的课，我都听过，时间长短不等。在这种旁听活动中，我有成功，也有失败。最失败的一次，是同许多男同学，被冰心先生婉言赶出了课堂。最成功的是旁听西谛先生的课。西谛先生豁达大度，待人以诚，没有教授架子，没有行帮意识。我们几个年轻大学生——吴组缃、林庚、李长之，还有我自己——由听课而同他有了个人来往。他同巴金、靳以主编大型的《文学季刊》是当时轰动文坛的大事。他也竟让我们名不见经传的无名小卒，充当《季刊》的编委或特约撰稿人，名字赫然印在杂志的封面上，对我们来说这实在是无上的光荣。结果我们同西谛先生成了忘年交，终生维持着友谊，一直到1958年他在飞机失事中遇难。到了今天，我们一想到郑先生还不禁悲从中来。

此时政局是非常紧张的。蒋介石在拼命"安内"，日军已薄古北口，在东北兴风作浪，更不在话下。"九一八"后，我也曾参加清华学生卧轨绝食，到南京去请愿，要求蒋介石出兵抗日。我们满腔热血，结果被满口谎言的蒋介石捉弄，铩羽而归。

美丽安静的清华园也并不安静。国共两方的学生斗争激烈。此时，胡乔木（原名胡鼎新）同志正在历史系学习，与我同班。他在进行革命活动，其实也并不怎么隐蔽。每天早晨，我们洗脸盆里塞上的传单，就出自他之手。这是一个公开的秘密，尽人皆知。他曾有一次在深夜坐在我的床上，劝说我参加他们的组织。我胆小怕事，没敢答应。只答应到他主办的工人子弟夜校去上课，算是聊助一臂之力，稍报知遇之恩。

学生中国共两派的斗争是激烈的，详情我不得而知。我算是中间偏左的逍遥派，不介入，也没有兴趣介入这种斗争。不过据我的观察，两派学生也有联合行动，比如到沙河、清河一带农村中去向农民宣传抗日。我参加过几次，记忆中好像也有倾向国民党的学生参加。原因大概是，尽管蒋介石不抗日，青年学生还是爱国的多。在中国知识分子中，爱国主义的传统是源远流长的，根深蒂固的。

那几年，我们家庭的经济情况颇为不妙。每年寒暑假回家，返校时筹集学费和膳费，就煞费苦心。清华是国立大学，花费不多。每学期收学费40元。但这只是一种形式，毕业时学校把收的学费如数还给学生，供毕业旅行之用。不收宿费，膳费每月6块大洋，顿顿有肉。即使是这样，我也开支不起。我的家乡清平县，国立大学生恐怕只有我一个，视若"县宝"，每年津贴我50元。另外，我还能写点文章，得点稿费，家里的负担就能够大大减轻。我就这样在颇为拮据的情况中度过了四年，毕了业，戴上租来的学士帽照过一张相，结束了我的大学生活。

1993年2月17日

入清华[1]

我少无大志，从来没有想到做什么学者。中国古代许多英雄，根据正史的记载，都颇有一些豪言壮语，什么"大丈夫当如是也！"什么"彼可取而代也！"又是什么"燕雀安知鸿鹄之志哉？"真正掷地作金石声，令我十分敬佩，可我自己不是那种人。

在我读中学的时候，像我这种从刚能吃饱饭的家庭出身的人，唯一的目的和希望就是——用当时流行的口头语来说——能抢到一只"饭碗"。当时社会上只有三个地方能生产"铁饭碗"：一个是邮政局，一个是铁路局，一个是盐务稽核所。这三处地方都掌握在不同国家的帝国主义分子手中。在那半殖民地社会里，"老外"是上帝。不管社会多么动荡不安，不管"城头"多么"变幻大王旗"，"老外"是谁也不敢碰的。他们生产的"饭碗"是"铁"的，砸不破，摔不碎。只要一碗在手，好好干活，不违"洋"命，

---

[1] 本文为季羡林先生《学术研究的发轫阶段》节选，标题为编者所加。

则终生会有饭吃，无忧无虑，成为羲皇上人。

我的家庭也希望我在高中毕业后能抢到这样一只"铁饭碗"。我不敢有违严命，高中毕业后曾报考邮政局。若考取后，可以当一名邮务生。如果勤勤恳恳，不出娄子，干上十年二十年，也可能熬到一个邮务佐，算是邮局里的一个芝麻绿豆大的小官了。就这样混上一辈子，平平安安，无风无浪。幸乎？不幸乎？我没有考上。大概面试的"老外"看我不像那样一块料，于是我名落孙山了。

在这样的情况下，我才报考了大学。北大和清华都录取了我。我同当时众多的青年一样，也想出国去学习，目的只在"镀金"，并不是想当什么学者。"镀金"之后，容易抢到一只饭碗，如此而已。在出国方面，我以为清华条件优于北大，所以舍后者而取前者。后来证明，我这一宝算是押中了。这是后事，暂且不提。

清华是当时两大名牌大学之一，前身叫留美预备学堂，是专门培养青年到美国去学习的。留美若干年镀过了金以后，回国后多为大学教授，有的还做了大官。在这些人里面究竟出了多少真正的学者，没有人做过统计，我不敢瞎说。同时并存的清华国学研究院，是一所很奇特的机构，仿佛是西装革履中一袭长袍马褂，非常不协调。然而在这个不起眼的机构里却有名闻宇内的四大导师：梁启超、王国维、陈寅恪、赵元任。另外有一名年轻的讲师李济，后来也成了大师，担任了台湾"中央研究院"的院长。这个国学研究院，与其说它是一所现代化的学堂，毋宁说它是一所旧日的书院。一切现代化学校必不可少的烦琐的规章制度，在这里似乎都没有。师生直接联系，师了解生，生了解师，真正做到了循循善诱，因材施教。虽然只办了几年——梁、王两位大师一去世，立即解体——然而所创造的业绩却是非同小可。我不确切知道究竟毕业了多少人，估计只有几十个人，但几乎全都成了教授，其中有若干位还成了学术界的著名人物。听史学界的朋友说，中国20世纪30年代后形成了一个学术派别，名叫"吾师派"，大概是由某些人写文章常说的"吾师梁任公"、"吾师王静安"、"吾师陈寅恪"等衍变而来的。从这一件小事也可以看到清华国学研究院在学术界影响之大。

吾生也晚，没有能亲逢国学研究院的全盛时期。我于1930年入清华时，留美预备学堂和国学研究院都已不再存在，清华改成了国立清华大学。清华有一个特点：新生投考时用不着填上报考的系名，录取后，再由学生自己决定入哪一个系；读上一阵，觉得不恰当，还可以转系。转系在其他一些大学中极为困难——比如说现在的北京大学，但在当时的清华，却真易如反掌。可是根据我的经验：世上万事万物都具有双重性。没有入系的选择自由，很不舒服；现在有了入系的选择自由，反而更不舒服。为了这个问题，我还真伤了点脑筋。系科盈目，左右掂量，好像都有点吸引力，究竟选择哪一个系呢？我一时好像变成了莎翁剧中的Hamlet碰到了To be or not to be——That is the question。我是从文科高中毕业的，按理说，文科的系对自己更适宜。然而我却忽然一度异想天开，想入数学系，真是"可笑不自量"。经过长时间的考虑，我决定入西洋文学系（后改名外国语文系）。这一件事也证明我"少无大志"，我并没有明确的志向，想当哪一门学科的专家。

当时的清华大学的西洋文学系，在全国各大学中是响当当的名牌。原因据说是由于外国教授多，讲课当然都用英文，连中国教授讲课有时也用英文。用英文讲课，这可真不得了呀！只是这一条就能够发聋振聩，于是就名满天下了。我当时未始不在被振发之列，又同我那虚无缥缈的出国梦联系起来，我就当机立断，选了西洋文学系。

1997年12月

清华大学的西洋文学系[1]

从1930年到现在，六十七个年头已经过去了。所有的当年的老师都已经去世了。最后去世的一位是后来转到北大来的美国的温德先生，去世时已经活过了一百岁。我现在想根据我在清华学习四年的印象，对西洋文学系做一点评价，谈一谈我个人的一点看法。我想先从古希腊找一张护身符贴到自己身上："吾爱吾师，吾尤爱真理。"有了这一张护身符，我就可以心安理得，能够畅所欲言了。

我想简略地实事求是地对西洋文学系的教授阵容做一点分析。我说"实事求是"，至少我认为是实事求是，难免有不同的意见，这就是平常所谓的"仁者见仁，智者见智"了。我先从系主任王文显教授谈起。他的英文极好，能用英文写剧本，没怎么听他说过中国话。他是莎士比亚研究的专家，有一本用英文写成的有关莎翁研

---

[1] 本文为季羡林先生《学术研究的发轫阶段》节选，略有删节，标题为编者所加。

究的讲义，似乎从来没有出版过。他隔年开一次莎士比亚的课，在堂上念讲义，一句闲话也没有。下课铃一摇，合上讲义走人。多少年来，都是如此。讲义是否随时修改，不得而知。据老学生说，讲义基本上不做改动。他究竟有多大学问，我不敢瞎说。他留给学生最深的印象是他充当冰球裁判时那种脚踏溜冰鞋似乎极不熟练的战战兢兢如履薄冰的神态。

现在我来介绍温德教授。他是美国人，怎样到清华来的，我不清楚。他教欧洲文艺复兴文学和第三年法语。他终身未娶，死在中国。据说他读的书很多，但没见他写过任何学术文章。学生中流传着有关他的许多逸闻趣事。他说，在世界上所有的宗教中，他最喜爱的是伊斯兰教，因为伊斯兰教的"天堂"很符合他的口味。学生中流传的逸闻之一就是：他身上穿着五百块大洋买来的大衣（当时东交民巷外国裁缝店的玻璃橱窗中摆出一块呢料，大书"仅此一块"。被某一位冤大头买走后，第二天又摆出同样一块，仍然大书"仅此一块"。价钱比平常同样的呢料要贵上五至十倍），腋下夹着十块钱一册的《万人丛书》（*Everyman's Library*）（某一国的老外名叫Vetch，在北京饭店租了一间铺面，专售西书。他把原有的标价剪掉，然后抬高四五倍的价钱卖掉），眼睛上戴着用八十块大洋配好但把镜片装反了的眼镜，徜徉在水木清华的林荫大道上，昂首阔步，醉眼矇眬。

现在介绍翟孟生教授。他也是美国人，教西洋文学史。听说他原是清华留美预备学堂的理化教员。后来学堂撤销，改为大学，他就留在西洋文学系。他大概是颇为勤奋，确有著作，而且是厚厚的大大的巨册，在商务印书馆出版，书名叫*A Survey of European Literature*。读了可以对欧洲文学得到一个完整的概念。但是，书中错误颇多，特别是在叙述某一部名作的故事内容中，时有张冠李戴之处。学生们推测，翟老师在写作此书时，手头有一部现成的欧洲文学史，又有一本Story Book，讲一段文学发展的历史事实，遇到名著，则查一查Story Book，没有时间和可能尽读原作，因此名著内容印象不深，稍一疏忽，便出讹误。不是行家出身，这种情况实在是难以避免的。我们不应苛责翟孟生老师。

现在介绍吴可读教授。他是英国人，讲授中世纪文学。他既无著作[1]，也不写讲义。上课时他顺口讲，我们顺手记。究竟学到了些什么东西，我早已忘到九霄云外去了。他还讲授当代长篇小说一课。他共选了五部书，其中包括当时才出版不太久但已赫赫有名的《尤里西斯》和《追忆逝水年华》。此外还有托马斯·哈代的《还乡》，吴尔芙和劳伦斯各一部。第一、二部谁也不敢说完全看懂。我只觉迷离模糊，不知所云。根据现在的研究水平来看，我们的吴老师恐怕也未必能够全部透彻地了解。

现在介绍毕莲教授。她是美国人。我也不清楚她是怎样到清华来的。听说她在美国教过中小学。她在清华讲授中世纪英语，也是

---

1 今考，吴可读（A. L. Pollard）著作有*Great European novels and novelists*，北平：亨利·维奇出版社，1933年版。该书扉页有吴宓中文题签"英国吴可读著西洋小说发达史略　吴宓题"。今国家图书馆、清华大学图书馆皆有藏。

一无著作，二无讲义。她的拿手好戏是能背诵英国大诗人Chaucer的*Canterbury Tales*开头的几段。听老同学说，每逢新生上她的课，她就背诵那几段，背得滚瓜烂熟，先给学生一个下马威。以后呢？以后就再也没有什么新花样了。年轻的学生们喜欢品头论足，说些开玩笑的话。我们说：程咬金还能舞上三板斧，我们的毕老师却只能砍上一板斧。

下面介绍两位德国教授。第一位是石坦安，讲授第三年德语。不知道他的专长何在，只是教书非常认真，颇得学生的喜爱。此外我对他便一无所知了。第二位是艾克，字锷风。他算是我的业师，他教我第四年德文，并指导我的学士论文。他在德国拿到过博士学位，主修的好像是艺术史。他精通希腊文和拉丁文，偏爱德国古典派的诗歌，对于其名最初隐而不彰后来却又大彰的诗人薛德林（Hölderlin[1]）情有独钟，经常提到他。艾克先生教书并不认真，也不愿费力。有一次我们几个学生请他用德文讲授，不用英文。他便用最快的速度讲了一通，最后问我们："Verstehen Sie etwas davon？"（你们听懂了什么吗？）我们瞠目结舌，敬谨答曰："No！"从此天下太平，再也没有人敢提用德文讲授的事。他学问是有的，曾著有一部厚厚的《宝塔》，是用英文写的，利用了很丰富的资料和图片，专门讲中国的塔。这一部书在国外汉学界颇有一些名气。他的另外一部专著是研究中国明代家具的，附了很多图表，篇幅也相当多。由此可见他的研究兴趣之所在。他工资极高，

1　Hölderlin：荷尔德林（1770—1843），德国诗人。

孤身一人，租赁了当时辅仁大学附近的一座王府，他就住在银安殿上，雇了几个听差和厨师。他收藏了很多中国古代名贵字画，坐拥画城，享受王者之乐。1946年，我回到北京时，他仍在清华任教。此时他已成了家，夫人是一位中国女画家，年龄比他小一半，年轻貌美。他们夫妇请我吃过烤肉。北京一解放，他们就流落到夏威夷。艾锷风老师久已谢世，他的夫人还健在。

我在上面提到过，我的学士论文是在艾锷风老师指导下写成的，是用英文写的，题目是 *The Early Poems of Hölderlin*。英文原稿已经遗失，只保留下来了一份中文译文。一看这题目，就能知道是受到了艾先生的影响。现在回忆起来，我当时的德文水平不可能真正看懂薛德林的并不容易懂的诗句。当然，要说一点都不懂，那也不是事实。反正是半懂半不懂，囫囵吞枣，参考了几部《德国文学史》，写成了这一篇论文，分数是E（Excellent，优）。我年轻时并不缺少幻想力，这是一篇幻想力加学术探讨写成的论文。如果这就算学术研究的话，说它是"发轫"，也未尝不可。但是，这个"轫""发"得并不辉煌，里面并没有什么"天才的火花"。

现在再介绍西洋文学系的老师，先介绍吴宓（字雨僧）教授。他是美国留学生，是美国人文主义大师白璧德的弟子，在国内不遗余力地宣传自己老师的学说。他反对白话文，更反对白话文学。他联合了一些志同道合者，创办了《学衡》杂志，文章一律是文言。他自己也用文言写诗，后来出版了《吴宓诗集》。在中国文坛上，他属于右倾保守集团，没有什么影响。他给我们讲授两门课：一门是"英国浪漫诗人",一门是"中西诗之比较"。在美国他入的是比较文学系。在中国,他是提倡比较文学的先驱者之一。但是,他在这方面的文章却几乎不见。就以我为例,"比较文学"这个概念当时并没有形成。如果真有文章的话,他并不缺少发表的地方,《学衡》和天津《大公报·文学副刊》都掌握在他手中。留给我印象最深的只是他那些连篇累牍的关于白璧德人文主义的论述文章。在"英国浪漫诗人"这一堂课上,我记得最清楚的是他让我们背诵那些浪漫诗人的诗句,有时候要背得很长很长。理论讲授我一点也回忆不起来了。在"中西诗之比较"这一堂课上,除了讲点西方的诗和中国的古诗之外,关于理论我的回忆中也是一片空白。反之,最难忘的却是:他把自己一些新写成的旧诗也铅印成讲义,在堂上散发。他那有名的《空轩诗》就是在这种情况下发到我们手中的。雨僧先生生性耿直,古貌古心,却流传着许多"绯闻"。他似乎爱过追求过不少女士,最著名的一个是毛彦文。他曾有一首诗,开头两句是:"吴宓苦爱口口口,三洲人士共惊闻。"隐含在三个口里面的人名,用押韵的方式呼之欲出。"三洲"指的是亚、欧、美。这虽是诗人的夸大,知道的人确实不少,这却是事实。他的《空轩诗》被学生在小报《清华周刊》上改写为打油诗,给他开了一个不大不小的玩笑。第一首的头两句被译成了"一见亚北貌似花,顺着秫秸往上爬"。"亚北"者,指一个姓欧阳的女生。关于这一件事,我曾在发表在香港《大公报·文学副刊》上的一篇谈叶公超先生的散文中写到过,这里不再重复。回头仍然讲吴先生的"中西诗之比较"这一门课。为这一门课我曾写过一篇论文,题目忘记了,是师命或者自愿,我也忘记了。内容依稀记得是把陶渊明同一位英国浪漫诗人相比较,当然不会比出什么东西来的。我在最近几年颇在一些文章和谈话中,对比较文学的"无限可比性"有所指责。X和Y,任何两个诗人或其他作家都可以硬拉过来一比,有人称之为"拉郎配",是一个很形象的说法。焉知六十多年前自己就是一个"拉郎配"者或始作俑者。自己向天上吐的唾沫最终还是落到自己脸上,岂不尴尬也哉!然而这个事实我却无法否认。如果这样的文章也能算科学研究的"发轫"的话,我的发轫起点实在是很低的。但是,话又说了回来,在西洋文学系教授群中,讲真有学问的,雨僧先生算是一个。

下面介绍叶崇智(公超)教授。他教我们第一年英语,用的课本是英国女作家Jane Austen的《傲慢与偏见》。他的教学法非常离奇,一不讲授,二不解释,而是按照学生的座次——我先补充一句,学生的座次是并不固定的——从第一排右手起,每一个学生念一段,依次念下去。念多么长,好像也并没有一定之规,他一声令下:Stop!于是就Stop了。他问学生:"有问题没有?"如果没有,就是邻座的第二个学生念下去。有一次,一个同学提了一个问题,他大声喝道:"查字典去!"一声狮子吼,全堂愕然、肃然,屋里静得能听到彼此的呼吸声。从此天下太平,再没有人提任何问题了。就这样过了一年。公超先生英文非常好,对英国散文大概是很有研究的。可惜他惜墨如金,从来没见他写过任何文章。

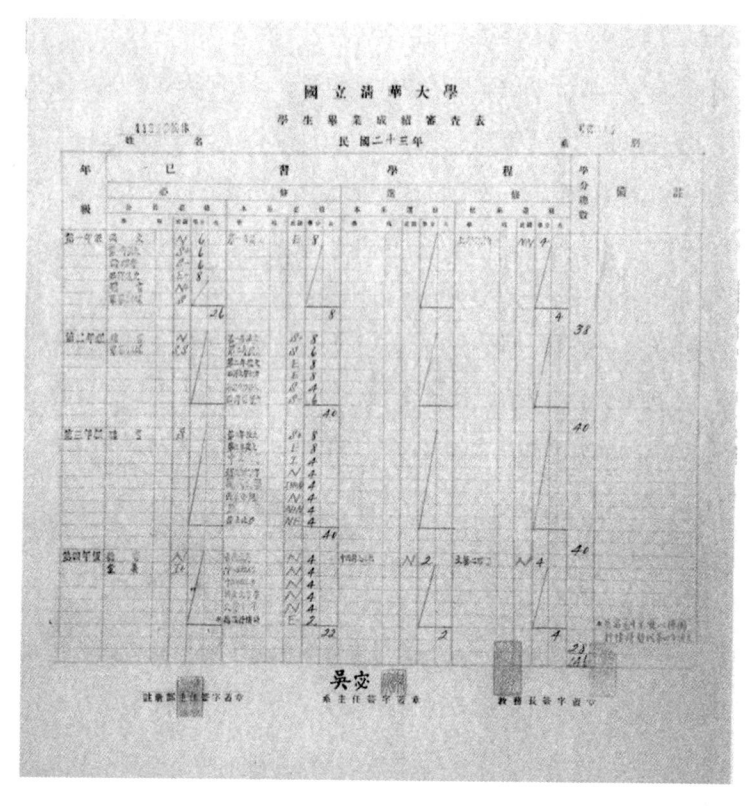

季羡林先生清华读书时的成绩单（成绩分成五等：超、上、中、下、劣，英文符号是E、S、N、I、F）

在文坛上，公超先生大概属于新月派一系。他曾主编过——或者帮助编过一个纯文学杂志《学文》。我曾写过一篇散文《年》，送给了他。他给予这篇文章极高的评价，说我写的不是小思想、小感情，而是"人类普遍的意识"。他立即将文章送《学文》发表。这实出我望外，欣然自喜，颇有受宠若惊之感。为了表示自己的感激之情，兼怀有巴结之意，我写了一篇《我是怎样写起文章来的？》送呈先生。然而，这次却大出我意料，狠狠地碰了一个钉子。他把我叫了去，铁青着脸，把原稿掷给了我，大声说道："我一个字都没有看！"我一时目瞪口呆，赶快拿着文章开路大吉。个中原因我至今不解。难道这样的文章只有成了名的作家才配得上去写吗？此文原稿已经佚失，我自己是自我感觉极为良好的。平心而论，我在清华四年，只写过几篇散文：《年》《黄昏》《寂寞》《枸杞树》，一直到今天，还是一片赞美声。清夜扪心，这样的文章我今天无论如何也写不出来了。我一生从不敢以作家自居，而只以学术研究者自命。然而具有讽刺意味的是：如果说我的学术研究起点很低的话，我的散文创作的起点应该说是不低的。

公超先生虽然一篇文章也不写，但是，他并非懒于动脑筋的人。有一次，他告诉我们几个同学，他正考虑一个问题：在中国古代诗歌中人的感觉——或者只是诗人的感觉的转换问题。他举了一句唐诗："静听松风寒。"最初只是用耳朵听，然而后来却变成了躯体的感受"寒"。虽然后来没见有文章写出，却表示他在考虑一些文艺理论的问题。当时教授与学生之间有明显的鸿沟：教授工资高，社会地位高，存在决定意识，由此就形成了"教授架子"这一个词儿。我们学生只是一群有待于到社会上去抢一只饭碗的碌碌青年。我们同教授们不大来往，路上见了面，也是望望然而去之，不敢用代替西方"早安"、"晚安"一类的致敬词儿的"国礼"："你吃饭了吗？""你到哪里去呀？"去向教授们表示敬意。公超先生后来当了大官：台湾的外交部长。关于这一件事，我同我的一位师弟——一位著名的诗人有不同的看法。我曾在香港《大公报·文学副刊》上发表过的一篇文章中提到此事。此文上面已提到。

现在再介绍一位不能算是主要教授的外国女教授，她是德国人华兰德小姐，讲授法语。她满头银发，闪闪发光，恐怕已经有了一把子年纪，终身未婚。中国人习惯称之为"老姑娘"。也许正因为她是"老姑娘"，所以脾气有点变态。用医生的话说，可能就是迫害狂。她教一年级法语，像是教初小一年级的学生。后来我领略到的那种德国外语教学方法，她一点都没有。极简单的句子，翻来覆去地教，令人从内心深处厌恶。她脾气却极坏，又极怪，每堂课都在骂人。如果学生的卷子答得极其正确，让她无辫子可抓，她就越发生气，气得简直浑身发抖，面红耳赤，开口骂人，语无伦次。结果是把百分之八十的学生全骂走了，只剩下我们五六个不怕骂的学生。我们商量"教训"她一下。有一天，在课堂上，我们一齐站起来，对她狠狠地顶撞了一番。大出我们所料，她屈服了。从此以后，天下太平，再也没有看到她撒野骂人了。她住在当时燕京大学南面军机处的一座大院子里，同一个美国"老姑娘"相依为命。二人合伙吃饭，轮流每人管一个月的伙食。在这一个月中，不管伙食的那一位就百般挑剔，恶毒咒骂。到了下个月，人变换了位置，骂者与被骂者也颠倒了过来。总之是每月每天必吵。然而二人却谁也离不开谁，好像吵架已经成了生活的必不可缺的内容。

我在上面介绍了清华西洋文学系的大概情况,绝没有一句谎言。中国古话:为尊者讳,为贤者讳。这道理我不是不懂。但是为了真理,我不能用撒谎来讳,我只能据实直说。我也绝不是说,西洋文学系一无是处。这个系能出像钱锺书和万家宝(曹禺)这样大师级的人物,必然有它的道理。我在这里无法详细推究了。

1997年12月

终生受用的两门课[1]

专就我个人而论,专从学术研究发轫这个角度上来看,我认为,我在清华四年,有两门课对我影响最大:一门是旁听而又因时间冲突没能听全的历史系陈寅恪先生的"佛经翻译文学",一门是中文系朱光潜先生的"文艺心理学",是一门选修课。这两门不属于西洋文学系的课程,我可万没有想到会对我终生产生了深刻而悠久的影响,绝非本系的任何课程所能相比于万一。陈先生上课时让每个学生都买一本《六祖坛经》。我曾到今天的美术馆后面的某一座大寺庙里去购买此书。先生上课时,任何废话都不说,先在黑板上抄写资料,把黑板抄得满满的,然后再根据所抄的资料进行讲解分析。对一般人都不注意的地方提出崭新的见解,令人顿生石破天惊之感,仿佛酷暑饮冰,凉意遍体,茅塞顿开。听他讲课,简直是最高最纯的享受。这同他写文章的做法如出一辙。当时我对他的学

---

[1] 本文为季羡林先生《学术研究的发轫阶段》节选,标题为编者所加。

术论文已经读了一些，比如《四声三问》，等等。每每还同几个同学到原物理楼南边王静安先生纪念碑前，共同阅读寅恪先生撰写的碑文，觉得文体与流俗不同，我们戏说这是"同光体"。有时在路上碰到先生腋下夹着一个黄布书包，走到什么地方去上课，步履稳重，目不斜视，学生们都投以极其尊重的目光。

朱孟实（光潜）先生是北大的教授，在清华兼课。当时他才从欧洲学成归来。他讲"文艺心理学"，其实也就是美学。他的著作《文艺心理学》还没有出版，也没有讲义，他只是口讲，我们笔记。孟实先生的口才并不好，他不属于能言善辩一流，而且还似乎有点怕学生，讲课时眼睛总是往上翻，看着天花板上的某一个地方，不敢瞪着眼睛看学生。可他一句废话也不说，慢条斯理，操着安徽乡音很重的蓝青官话，讲着并不太容易理解的深奥玄虚的美学道理，句句仿佛都能钻入学生心中。他显然同鲁迅先生所说的那一类，在外国把老子或庄子写成论文让洋人吓了一跳，回国后却偏又讲康德、黑格尔的教授，完全不可相提并论。他深通西方哲学和当时在西方流行的美学流派，而对中国旧的诗词又极娴熟。所以在课堂上引东证西或引西证东，触类旁通，头头是道，毫无扞格牵强之处。我觉得，这才是真正的比较文学，比较诗学。这样的本领，在当时是凤毛麟角，到了今天，也不多见。他讲的许多理论，我终身难忘，比如Lipps的"感情移入说"，到现在我还认为是真理，不能更动。

陈、朱二师的这两门课，使我终生受用不尽。虽然我当时还没有敢梦想当什么学者,然而这两门课的内容和精神却已在潜移默化中融入了我的内心深处。如果说我的所谓"学术研究"真有一个待"发"的"轫"的话,那个"轫"就隐藏在这两门课里面。

1997年12月

我的老师们[1]

我只谈西洋文学系的老师们。

我的原则仍然是只讲实话，不说谎言。我想遵守古希腊人的格言："吾爱吾师，吾更爱真理。"我不想遵守中国古代一些人的"为尊者讳"的办法以自欺欺人。读者将在下面的日记中看到同样的情况。我的日记是写给自己看的。虽然时间相距将近七十年，但我对老师的看法完全没有改变。

同今天一样，当时北大与清华双峰并峙，领袖群伦。从院系的师资水平来看，两校各有短长。但是专就外文系来看，当年的清华似乎名声在北大之上。原因也极简单，清华的外国教授多。学外文而由外国人教，难道这不是一大优点吗？

但是，事实并不是这样。容我慢慢道来。

我先介绍中国教授。

---

1 本文为季羡林先生《清华园日记》引言节选。

王文显系主任，不大会说中国话，只说英文，讲授"莎士比亚"一课，有写好的讲义，上课时照本宣科，我们就笔记。除了几个用英文写的剧本外，没有什么学术著作。

吴宓反对白话文，主编《学衡》。古貌古心，待人诚恳。在美国留学时，师事白璧德。讲授"英国浪漫诗人"、"中西诗之比较"等课。擅长旧诗，出版有《吴宓诗集》。我认为，他是西洋文学系中最有学问的教授。

叶公超英文非常好，中国旧体诗词好像也读过一些。主编《学文》，是属于新月派的一个文学杂志。讲授"大一英文"、"英国散文"等课。没有写什么学术论文。

杨丙辰北大德文系主任，清华兼职教授，讲授"德文"、"浮士德"等课程，翻译过一些德国古典文学作品，没有什么学术论文，对待学生极好。

刘文典中文系主任，著有《淮南鸿烈集解》，讲授"大一国文"，一个学期只讲江淹的《别赋》和《恨赋》两篇文章。

金岳霖哲学系教授，讲授"逻辑"一课。

张申府哲学系教授，讲授"西方哲学史"一课。

朱光潜北大教授，讲授"文艺心理学"一课。

孔繁霱历史系教授，讲授"世界通史"一课。

下面介绍外国教授。

温德（Winter），美国人。讲授"文艺复兴文学"一课和"第三年法文"。没有写任何学术论文。是建国后还留在北大任教的唯一的清华西洋文学系教授。

翟孟生（Jameson），美国人，讲授"西洋文学史"一课，著有《欧洲文学史纲》一书，厚厚的一大本，既无新见解，错误又不少。

毕莲（Bille），女，美国人，讲授"语言学"、"第二年英文"等课，不见任何研究成果。

华兰德（Holland），女，德国人，讲授"第一年法文"。患有迫害狂，上课就骂学生。学生成绩好了，她便怒不可遏，因为抓不到辫子骂人。

艾克（Ecke），德国人，讲授"第二年德文"、"第四年德文"。他在德国大学中学的大概是"艺术史"。研究中国明清家具，著有《中国宝塔》一书，他指导我写学士论文 *The Early Poems of Hölderlin*。

石坦安（Von den Steinen），德国人，讲授"第三年德文"，没有著作。

吴可读（Pollard Urquert），英国人，讲授"中世纪文学"一课，也没有任何著作。

葛其婉，女，教法文，大概是一个波兰人。

以上就是西洋文学系外籍教师的简略情况。他们有一些共同的特点：第一，不管是哪一国人，上课都讲英文；第二，他们都是男不娶，女不嫁；第三，除了翟孟生那一部书外，都没有任何著作，这在欧美大学中是无法想象的，在那里他们最高能得到助教，或者像德国的Lektor（外语讲师）。中国则一律教授之，此理殊不可解。文学院其他各系并不是这样子的，那里确有术业有专攻的，甚至大师级的教授。可偏偏就是这个西洋文学系，由于外国教授多而驰誉学坛，天下学子趋之若鹜。

2001年11月23日

1930—1932年的简略回顾[1]

  1930年夏天,我从山东省立济南高中毕业。当时这是山东全省唯一的一所高中,各县有志上进的初中毕业生,都必须到这里来上高中。俗话说"千军万马过独木桥"。济南省立高中就是这样一座独木桥。

  一毕业,就算是走过了独木桥。但是,还要往前走的,特别是那些具备经济条件的学生,而这种人占的比例是非常大的。即使是家庭经济条件不够好的,父母也必千方百计拼凑摒挡,送孩子上学。旧社会说:"没有场外的举人。"上大学就等于考举人,父母怎能让孩子留在场外呢?我的家庭就属于这个范畴。旧社会还有一句话,叫"进京赶考",即指的是考进士。当时举人进士都已不再存在了,但赶考还是要进京的。那时北京已改为北平,不再是"京"了,可是济南高中文理两科毕业生大约有一百多人,除了经

---

[1] 本文为季羡林先生《清华园日记》引言节选。

济实在不行的外，有十个人都赶到北平报考大学，根本没有听说有人到南京上海等地去的。留在山东报考大学的也很少听说。这是当时的时代潮流，是无法抗御的。

当时的北平有十几所大学，还有若干所专科学校。学校既多，难免良莠不齐。有的大学，我只微闻其名，却没有看到过，因为，它只有几间办公室，没有教授，也没有学生，有人只要缴足了四年的学费，就发给毕业证书。等而上之，大学又有三六九等。有的有校舍，有教授，有学生，但教授和学生水平都不高，马马虎虎，凑上四年，拿一张文凭，一走了事。在乡下人眼中，他们的地位就等于举人或进士了。列在大学榜首的当然是北大和清华。燕大也不错，但那是一所贵族学校，收费高，享受丰，一般老百姓学生是不敢轻叩其门的。

当时到北平来赶考的举子，不限于山东，几乎全国各省都有，连僻远的云南和贵州也不例外。总起来大概有六七千或者八九千人。那些大学都分头招生，有意把考试日期分开，不让举子们顾此失彼。有的大学，比如朝阳大学，一个暑假就招生四五次。这主要是出于经济考虑。报名费每人大洋三元，这在当时是个不菲的数目，等于一个人半个月的生活费。每年暑假，朝阳大学总是一马当先，先天下之招而招。第一次录取极严，只有极少数人能及格。以后在众多大学考试的空隙中再招考几次。最后则在所有的大学都考完后，后天下之招而招，几乎是一网打尽了。前者是为了报名费，后者则是为了学费了。

北大和清华当然是只考一次的。我敢说，全国到北平的学子没有不报考这两个大学的。即使自知庸陋，也无不想侥幸一试。这是"一登龙门，身价十倍"的事，谁愿意放过呢？但是，两校录取的人数究竟是有限的。在大约五六千或更多的报名的学子中，清华录取了约两百人，北大不及其半，百分比之低，真堪惊人，比现在要困难多了。我曾多次谈到过，我幼无大志，当年小学毕业后，对大名鼎鼎的一中我连报名的勇气都没有，只是凑合着进了"破正谊"。现在大概是高中三年的六连冠，我的勇气大起来了，我到了北平，只报考了北大和清华。偏偏两个学校都录取了我。经过了一番考虑，为了想留洋镀金，我把宝押到了清华上。于是我进了清华园。

同北大不一样，清华报考时不必填写哪一个系，录取后任你选择。觉得不妥，还可以再选。我选的是西洋文学系。到了毕业时，我的毕业证书上却写的是外国语言文学系，不知道是什么时候改的。西洋文学系有一个详尽的四年课程表，从古典文学一直到现当代文学，应有尽有。我记得，课程有"古典文学"、"中世纪文学"、"文艺复兴时期文学"、"英国浪漫诗人"、"现当代长篇小说"、"英国散文"、"文学批评史"、"世界通史"、"欧洲文学史"、"中西诗之比较"、"西方哲学史"等等，都是每个学生必修的。还有"莎士比亚"，也是每个学生都必修的。讲课基本上都用英文。"第一年英文"、"第一年国文"、"逻辑"，好像是所有的文科学生都必须选的。"文学概论"、"文艺心理学"、好像是选修课，我都选修过。当时旁听之风甚盛，授课教师大多不以为忤，听之任之。选修课和旁听课带给我很大的好处，比如朱光潜先生的"文艺心理学"和陈寅恪先生的"佛经翻译文学"，就影响了我的一生，但也有碰钉子的时候。当时冰心女士蜚声文坛，名震神州。清华请她来教一门什么课。学生中追星族也大有人在，我也是其中之一。我们都到三院去旁听，屋子里面座无虚席，走廊上也站满了人。冰心先生当时不过三十二三岁，头上梳着一个信基督教的妇女王玛丽张玛丽之流常梳的纂，盘在后脑勺上，满面冰霜，不露一丝笑意，一登上讲台，便发出狮子吼："凡不选本课的学生，统统出去！"我们相视一笑，伸伸舌头，立即弃甲曳兵而逃。后来到了50年代，我同她熟了，笑问她此事，她笑着说："早已忘记了。"我还旁听过朱自清、俞平伯等先生的课，只是浅尝辄止，没有听完一个学期过。

　　西洋文学系还有一个奇怪的规定。上面列的必修课是每一个学生都必须读的；但偏又别出心裁，把全系分为三个专业方向：英文、德文、法文。每一个学生必有一个专业方向，叫Specialized的什么什么。我选的是德文，就叫作Specialized in German，要求是从"第一年德文"经过第二年、第三年一直读到"第四年德文"。英法皆然。我说它奇怪，因为每一个学生英文都能达到四会或五会的水平，而德文和法文则是从字母学起，与英文水平相距悬殊。这一桩怪事，当时谁也不去追问，追问也没有用，只好你怎样规定我就怎样执行，如此而已。

清华还有一个怪现象，也许是一个好现象，为其他大学所无，这就是：每一个学生都必须选修第一年体育，不及格不能毕业。每个体育项目，比如百米、二百米、一千米、跳高、跳远、游泳等等，都有具体标准，达不到标准，就算不及格。幸而标准都不高，达到并不困难，所以还没有听说因体育不及格而不能毕业的。

2001年11月23日

第二辑
清华园日记选

第一次看梅兰芳表演

二十一年[1] 八月二十八日

昨天受了一天寂寞的压迫,今天忽然想到进城。一起来,天色仍阴沉沉的,昨天晚上也似乎没断地下着雨。

先到了静轩[2]兄(坐Bus)处。吃过了饭(西来顺),就同静轩同访印其[3],因为我昨天看到今天梅兰芳在开明演《黛玉葬花》,想揩他的油,教他请我的客。他允了。因为必先事购票,所以我俩二点就开拔往前门外买好了票,时间尚早,乃同往琉璃厂徘徊,以消磨时间。然而时间却越发显得长。

吃晚饭在五点。我不高兴女招待,所以便找没女招待的铺子,

---

1 指民国二十一年,即1932年。以下同。
2 静轩,方振山,作者的同乡。
3 印其,徐家存,作者的同乡。

然而结果却仍是有。只一个，十五六岁，在生命的重担下做出种种不愿作的举动，真可怜呵！

饭晚时间仍早，乃同往天桥。到天桥来我还是第一次。各种玩意全有，热闹非常，每人都在人生的重压下，戴了面具，作出种种的怪形。真配称一个大的下等社会的Exhibition。

戏是晚七点开演，演者有萧长华、尚和玉、王凤卿、程继仙等。因没有买到头排，在后排有时就仿佛看电影似的。但是这是我第一次在北京看旧剧，而北京旧剧又为全国之冠，所以特别觉得好。最末一出是梅的黛玉，配角有姜妙香等。在开台之先，先休息几分钟，黄锦幕落下，开幕时全台焕然一新，平常拉胡琴等皆在台上，台下人皆看得到，我以为不很好，应改良。在梅剧里果然改良了。我心里有一种说不出的感觉，仿佛有什么压着似的，在期待梅的出现。我双目注视着右边的门（出门），全球闻名伶界大王就会在那里出现，我真觉到有点奇迹似的。终于，出现了，我的眼一晃，又狠命睁一睁，到现在我脑里还清清楚楚画着当时的他的像。果然名不虚传，唱音高而清，作工稳而柔，切合身分〔份〕，亦天才也。我对旧剧是门外汉，我觉着今晚唱得最好的是梅和姜妙香（名小生），我仿佛中了魔似的，我还要再看他的戏呢。

剧后，坐洋车返西城。车经八大胡同，对我又一奇迹也。宿于静轩处。

今天总之是很充实的，很富于变化和刺戟的：天桥第一次去，梅第一次看，八大胡同第一次走，对我无一不是奇迹。是今总之是

很充实的。（二十九日晚补记）

季羡林作品《清华园日记》

访吴宓[1]

九月一日

晚饭后,访吴宓未遇。

九月二日

晚访吴宓(同Herr王[2])。室内先有客在。在外等候多时,坐荷池畔,听鱼跃声,绿叶亭亭,依稀可辨,星光共灯光,飘然似有诗意。

---

1 吴宓(1894—1978),字雨僧,又字雨生,陕西泾阳人。1916年毕业于清华学校,次年赴美留学,1921年获哈佛大学文学硕士学位。回国后,曾任东南大学教授、清华大学教授及国学研究院主任,西南联合大学、武汉大学教授,《学衡》杂志总编辑。建国后,历任重庆大学、西南师范学院教授。时为清华大学外国语文系教授,代主任。

2 Herr王:王先生,指王岷源。Herr,德文"先生"。

冒险叩门，约以明晚来访。

九月三日

晚饭后访吴宓，已进城，共访彼三次矣。

九月四日

九点，约岷源[1]访吴先生，在。从系里的功课谈《文学副刊》，我允许看 *London Times: Literary Supplement*[2]，并把稿子交给他。吴先生说话非常 Frank[3]，实在令人钦佩。据说，他也非常 whimsical & nervous[4]。他屋里挂着黄节写的"藤影荷声之馆"，实在确切。

1　岷源：王岷源（1912—2000），四川巴县人。1930年考入清华大学外国语文系，1934年毕业，清华大学研究院肄业。1938年入耶鲁大学，先后在该校语言学系及英文系学习研究。1946年回国在北京大学西语系任教授，直到退休。
2　此即《伦敦泰晤士报·文学副刊》。
3　Frank：坦率。
4　whimsical & nervous：性情古怪、神经兮兮。

参与办《大公报·文学副刊》

八月三十日

起得很晚，只读了法文。因为听岷源说，吴雨僧先生有找我们帮他办《大公报·文学副刊》的意思，我冲动地很想试一试。据岷源说，从前浦江清、毕树棠、张荫麟[1]等帮他办，每周一个meeting[2]，讨论下周应登的东西，每人指定看几种外国文学杂〈志〉，把书评和消息译了出来，因为他这个副刊主要的就是要这种材料。想帮他办，第一是没有稿子，因为这刊物偏重Theory[3]

---

1 浦江清、毕树棠、张荫麟：浦江清（1904—1957），字君练，时为清华大学中文系教授。毕树棠（1900—1983），字庶澄，时为清华大学图书馆馆员。张荫麟（1905—1942），史学家，自号素痴。1929年毕业于清华大学，入美国斯坦福大学学习西洋哲学、社会学，获文学硕士学位。1934年任清华大学哲学、历史两系讲师，1936年升为教授。

2 meeting：会议。

3 Theory：理论。

工字厅内景，季羡林先生读书时曾在此与同学畅谈。

和叙述方面，不大喜欢创造。我想了半天，才想到从前译过一篇Runo Francke的《从Marlowe到Goethe浮士德传说之演变》[1]，今天正是Goethe百年祭，所以便想拿它当敲门砖，请吴先生看一看。于是立刻找出来，立刻跑到图书馆，从破烂的架子里（正在粉刷西文部）钻过去，把 *German Classics*[2] 第二本找出来，同译稿仔细对了一早晨。吃了饭就抄，一抄抄了一过午，六点半才抄完。给长之看了看，他说我的译文里面没虚字，我实在地怕虚字，尤其是口旁的，

1　Runo Francke的《从Marlowe到Goethe浮士德传说之演变》：鲁诺·弗兰克的《从马洛到歌德浮士德传说之演变》。Marlowe：马洛（1564—1593），英国戏剧家、诗人。Goethe：歌德（1749—1832），德国诗人。

2　*German Classics*：《德国古典作品集》。

尤其是"哟"。

长之说他已经找好了房子了（张文华替找的），我心里总觉着不痛快，我同他约好，已将一年，而现在撇开我。访王炳文不遇，为房子问题。

今天早晨，替柏寒打听能不能用津贴，然而我的津贴来了（25元），领出来，快哉。

第一次吃广东的什锦月饼，还不坏。

自来对德文就有兴趣，然而干了二年，仍是一塌糊涂，可恨之极，是后每天以二小时作为德文之用。

九月三日

听长之说，《大公报·现代思潮》，归张崧年[1]接办，改称《世界思潮》，精彩已极，对张的发刊辞，大加捧。彼自今日起定《大公报》。

九月十八日

一早晨只坐在图书馆里检阅杂志，作了一篇介绍德国近代小说

1　张崧年（1893—1986），后改名张申府，哲学家。时为清华大学哲学系教授。

(*Kaiser*[1])等的文坛消息（从*Saturday Review of Literature*[2]）。过午也在图书馆。

九月二十日

抄文坛消息，预备明天寄给吴宓。

十月九日

到图书馆看Tendency towards pure peotry[3]，昨晚未看完，今完之，并作笔记。

过午看R.Graves的*State of Poetry*[4]，不得要领。在*American Mercury*[5]上发现*Faust*又有Prof. Priest[6]的新译本，乃作一篇小文，拟投"文副"。

1　*Kaiser*：《皇帝》。

2　*Saturday Review of Literature*：《星期六文学评论》，英国期刊，1855年开始发行，后期文学意味更加浓厚，1938年停刊。

3　Tendency towards pure peotry：倾向于纯诗的趋势。

4　R.Graves的*State of Poetry*：格雷弗斯的《诗歌的状况》。R.Graves：罗伯特·格雷弗斯（1895—1985），英国诗人、作家、文论家，1961—1966年为牛津大学诗歌教授。

5　*American Mercury*：《美国信使》。美国文学月刊，以对美国生活、政治、习俗的讽刺性评论而知名，1924年创刊。

6　Prof.Priest：普里斯特教授，生平不详。

十月十日

早晨作文坛消息两篇，一关于*Faust*英译本，一关于U.Sinclair近著*American Outpost*。读Keller。过午读Medieval，"文副"稿子还没登出来，真急煞人也。

十月十七日

今天"文副"稿子登了一部分。

二十二年[1] 九月十一日

《大公〈报〉·文副》又有一篇文章登出——巴金的《家》的review[2]。

九月二十三日

看到沈从文主编的《大公〈报·〉文艺副刊》，今天是第一次出版，有周作人、卞之琳的文章，还不坏。

1　指民国二十二年，即1933年。以下同。

2　review：评论。

二十三年[1]　一月一日

前天听说《大公报》致函吴宓，说下年停办《文学副刊》，还真岂有此理。虽然我是"文副"一分子，但我始终认为"文副"不成东西。到现在，话又说回来，虽然我认为"文副"不成东西，大公报馆也不应这样办，这真是商人。

一月四日

头午忙忙乱乱地上课。

从上星期六就听说（今天星期四）《大公〈报〉·文副》被Cut[2]了。今晨吴宓上堂，果然大发牢骚。说大，其实并没多大，只不过发了一点而已。

晚上去找他，意思是想安慰他一下，并且把作成的李后主年谱带给他。

1　指民国二十三年，即1934年。以下同。
2　Cut：砍掉。

开学典礼

二十一年　九月十四日

今天早上行开学典礼，老早跑到二院，却不到时候。我又折回来取了注册证领借书证，图书馆实行绝对封锁主义，或者对我们也不很便利。

十时举行典礼，首由梅校长[1]致辞，继有Winter、朱自清、郭彬和、萧公权、金岳霖、顾毓琇、燕树棠[2]、□□□等之演说，使我们知道了许多不知道的事情。Winter说的完全希望敷衍的话，谈到

1　梅校长：梅贻琦（1889—1962），时任清华大学校长。

2　朱自清、郭彬和、萧公权、金岳霖、顾毓琇、燕树棠：朱自清（1898—1948），时任清华大学中文系主任。萧公权（1897—1981），时任清华大学政治系教授。金岳霖（1895—1984），时任清华学校哲学系教授兼主任。顾毓琇（1902—2002），时任清华大学工学院院长。燕树棠（1891—1984），时任清华大学政治系教授，兼任法律系主任；郭彬和，生平不详。

《清华园日记》关于清华开学典礼的记载

欧洲的经济恐〈慌〉，谈到罗马，谈到Moscow。朱自清也说到经济恐慌，欧洲人简直不知有中国，总以为你是日本人，说了是中国人以后，脸上立刻露出不可形容的神气，真难过。又说到欧洲艺术，说：现在欧洲艺术倾向形式方面，比如图画，不管所表示的意思是什么，只看颜色配合的调和与否。郭彬和想给清华灵魂。萧公权面子话，很简单。金岳霖最好。他说他在巴黎看了一剧，描写一病人（象征各国国民），有许多医生围着他看，有的说是心病，有的肺病，有的主张左倾，有的右倾，纷纭莫衷一是。这表示各种学说都是看到现在世界危机而想起的一种救济办法，但也终没办法。他又说在动物园里有各种各样的动物，而猴子偏最小气，最不安静。人偏与猴子有关系，语意含蓄。结论是人类不亡，是无天理。他一看就是个怪物。经济系新请的□某最混（自燕大来的），主张团结以谋出路，简直就是主张结党营私。燕树棠自认是老大哥，连呼小弟弟不止。

饭后便忙着上课，一上法文弄了个乱七八糟，结果是没有教授。再上体育，只有人五枚。三上德文而艾克不至。于是乃走访杨丙辰先生，送我一本《鞭策周刊》，有他从德文译出的 *Romeo & Juliet*[1]。坐了一会，长之、露薇继至，杨先生约我们到合作社南号喝咖啡，弄了一桌子月饼。吃完，他又提议到燕京去玩，于是载谈载行到了燕大。一进门第一印象就是秃，但是到了女生宿舍

1　*Romeo & Juliet*：《罗密欧与朱丽叶》，英国剧作家莎士比亚（1564—1616）的悲剧。

部分却幽雅极了，庭院幽复，绿叶蔓墙，真是洞天福地。由燕大至蔚秀园，林木深邃，颇有野趣，杨先生赞叹不止，说现在人都提倡接近自然，中国古人早知接近自然了。游至七时，才在黄昏的微光里走回来，东边已经升上月亮，血黄红，如大气球，明天就是中秋节了。

晚上在大千〈处〉遇许振英、老钱。回屋后，鼻涕大流。我一年总有三百六十次感冒，今天却特别利〔厉〕害，乃蒙头大睡。（以上两节十五日补记）

"华北副叶"投稿

八月三十日

晚上仍抄,抄Don Marquis[1]的《一个守财奴的自传》的序,预备投"华北副叶"。

九月一日

寄《华北日报》"副叶"稿。

九月九日

早晨除了读了点法文以外,可以说什么也没干。我老早就想到

---

1 Don Marquis:唐·马奎斯(1878—1937),美国诗人、戏剧家。

阅报室里去，因为我老希望早些看到我的文章登出来。每天带着一颗渴望的心，到阅报室去看自己的文章登出来没有，在一方面说，虽然也是乐趣，但是也真是一种负担呵。

九月十一日

今天晨间天空又下起雨来。

我冒雨到图书馆去看报，我的稿子还没登出，妈的。

九月二十八日

真出我意料之外，我的《〈守财奴自传〉序》竟给登出来了，我以为他不给登了哩。

游西山

九月十七日

早〈上〉起来，上了班法文，Holland[1]泼剌〔辣〕如故，我还没决定是否选她的，她已经承认我是她的学生了，我只好决意选她的。

课后，到图书馆，今天是第一天借书的日子，挤得很厉害。遇王施武三君，我本想检阅杂志，忽然想到可以去趟西山，征求施、武同意后，乃拖王出。赁自行车三辆，王乘洋车往焉。初次颇舒适，过玉泉山后，泥泞载途，车行极形困难。但是，远望云笼山头，树影迷离，真仙境也。到后先休息后进餐，吃时，遇见一个洋人（德国人），他向我说德文，我给他说了两句，手忙足乱。后来知道他能说英文，乃同他说英文。

1　Holland：华兰德。女，德国人，时为清华大学外国语文系教授。

饭后先到碧云寺，到石塔上一望，平原无际，目尽处惟烟云缭绕而已。塔后长松遮天。我在树中最爱松树，因无论大小，他〔它〕总不俗，在许多乱杂的树中，只要有一松，即能立刻看见。下塔至水泉院，清泉自石隙出，缓流而下，声潺潺。院内清幽可爱。来碧云寺已两次，皆未来此院，惜哉。

出碧云寺至香山，循山路上，道路苍松成列，泉声时断时闻。上次来香山，竟未闻水声，颇形失望，今次乃闻或因近来雨多之故欤。至双清别墅，熊希龄住处也，院内布置幽雅，水池一泓，白鹅游其中。又一小水池，满蓄红鱼，林林总总来往不辍，但皆无所谓，与人世何殊，颇有所感。循水池而上，至水源，状如一井而浅，底铺各色石卵，泉由石口出，波光荡漾，衬以石子之五色，迷离恍惚，不知究为何色，颇形佳妙。但究有artificial[1]气，为美中不足。至双清至香山饭店，门前有听法松。下山乘自行车至卧佛寺。这里我还是初次来，金碧辉煌，仿佛刚刷过似的。此寺以卧佛出名，但殿门加锁，出钱始开。佛较想象者为小，但有庄严气，院内有娑罗树一棵，灵种也，折一叶归以作纪念。

出卧佛寺乃归校。

饭后至Herr施屋闲扯，又来我屋闲扯。吕、长之继之，走后已十时半，铃摇后始眠。

---

1 artificial：人工。

第一次见胡适先生

十月十三日

听胡适之[1]先生演讲。这还是第一次见到胡先生。讲题是文化冲突的问题。说中国文明是唯物的，不能胜过物质环境，西洋是精神的，能胜过物质环境。普通所谓西洋物质东洋精神是错的。西洋文明侵入中国，有的部分接受了，有的不接受，是部分的冲突。我们虽享受西洋文明，但总觉得我们背后有所谓精神文明可以自傲，譬如最近班禅主持□轮金刚法会，就是这种意思的表现。Better is

---

1　胡适之：胡适（1891—1971），字适之。1910年留学美国，入康奈尔大学，后转入哥伦比亚大学，1917年获哲学博士学位，同年回国任北京大学教授，参加编辑《新青年》。1938年任国民政府驻美国大使，1946年任北京大学校长，1949年寄居美国，后去台湾。

《清华园日记》中关于第一次见胡适先生的记载

the enemy of good[1]。我们觉着我们good enough[2]，其实并不。说话态度声音都好。不过，也许是时间所限。帽子太大，匆匆收束，反不成东西，而无系统。我总觉得胡先生（大不敬！）浅薄，无论读他的文字，听他的说话。但是，他的眼光远大，常站在时代面前我是承认的。我们看西洋，领导一派新思潮的人，自己思想常常不深刻，胡先生也或者这样罢。

---

[1] 此句意为：更好是好的敌人。
[2] good enough：足够好。

评中国作家

八月二十六日

我承认，最少徐[1]在中国新诗的过程上的功绩是不可泯的。

九月二十三日

晚上杨丙辰先生请客，在座的有巴金（李芾甘），真想不到今天会能同他见一面。自我读他的《灭亡》后，就对他很留心。后来听到王岷源谈到他，才知道他是四川人。无论怎样，他是很有希望的一个作家。

---

1 徐：指徐志摩。

十月二日

焚烛读鲁迅《三闲集》，此老倔强如故，不妥协如故，所谓左倾者，实皆他人造谣。

十月六日

今日读《中国新文学的源流》。我总觉得周作人的意见，不以奇特唬人，中庸而健康。

十一月三日

读完《看云集》。周作人先生所〔描〕写的东西，在平常实在引不起我的趣味，然而经他一写，都仿佛有了诗意，栩栩活动起来。

二十二年　一月十八日

读张天翼《小彼得》和胡也频《活珠子》。从胡到张，白话文显然有进步。张并不像一般人所说那样好，不过文字颇疏朗，表现法也新。

八月十四日

又会到卞之琳[1]。对他的印象也极好。他不大说话,很不世故,而有点近于shy[2]。十足江苏才子风味,但不奢华。他送我一本他的诗集《三秋草》。在一般少年诗人中,他的诗我顶喜欢了。

民国二十三年　五月五日

林徽因的《九十九度中》写的不坏,另有一种风格,文字像春天的落花。

1　卞之琳(1910—2000),诗人。1933年北京大学英文系毕业,1937年任四川大学外文系讲师,1938年8月赴延安鲁迅艺术学院文学系任教,1940年任教于西南联合大学,1946年任教于天津南开大学,1947年赴英国牛津大学做研究员。1949年回到北京,先后任职于北京大学、北大文学研究所、中国社会科学院外文所等机构,主要从事外国文学的研究、评论和翻译。

2　shy:害羞。

论诗

二十一年　十月十一日

最近我想到——实在是直觉地觉到——诗是不可了解的。我以为诗人所表现的是himself[1]，而长之则承认诗是可以了解的，他说诗人所表现的是人类共同的感情。

十月十二日

倘若诗表现共同的感情，诗人是不是还有个性？

1　himself：他自己。

十一月十四日

最近我才觉到我的兴趣是倾向象征的唯美的方面的。我在德国作家中喜欢Hölderlin，法国喜欢Verlaine、Baudelaire[1]，英国Blake、Keats[2]以至其他唯美派诗人。不过这些诗人的作品我读得并不是多，我所谓喜欢者大半都是By intuition[3]。然而即便，他们的天才总是能觉得到的。

我主张诗要有形式（与其说是形式，不如说有metre[4]，有rhyme[5]）。以前有一个时期，我曾主张内容重于形式，现在以为是不对的。散文（尤其是抒情的）不要内容吗？中国新诗人只有徐志摩试用metre。不过这在中国文是非常难的。不过无论难不难，中国诗总应当向这方面走。这是我所以对徐志摩有相当崇拜的，无论别人怎样骂他。我觉得诗之所以动人，一大部分是在它的音乐成分。

1　Verlaine、Baudelaire：魏尔兰、波德莱尔。Verlaine：保尔·魏尔兰（Paul Verlaine，1844—1896），法国象征派诗人。Baudelaire：查尔斯·波德莱尔（Charles Baudelaire，1821—1867），法国象征派诗歌的先驱，现代主义的创始人之一，代表作为《恶之花》。

2　Blake、Keats：布莱克、济慈。Blake：威廉姆·布莱克（William Blake，1757—1827），英国诗人、版画家。Keats：约翰·济慈（John Keats，1795—1821），英国浪漫诗人。

3　By intuition：直觉地。

4　metre：格律。

5　rhyme：韵律。

清华大学校园内的闻一多雕像

本来拿文字来express[1]感情是再笨不过的了。感情是虚无缥缈的，音乐也是虚无缥缈的。感情有natural harmony[2]，音乐也有。所以——最少我以为——音乐表示感情是比文字好的。倘若不用文字，则无所谓诗了，没有办法的办法就是在诗里多加入音乐成分。

1　express：表达。

2　natural harmony：自然和谐。

读荷尔德林诗

二十一年 十一月二十二日

刚才我焚烛读Hölderlin——万籁俱寂，尘念全无，在摇曳的烛光中，一字字细读下去，真有白天万没有的乐趣。这还是第一次亲切地感到。以后我预备作的Hölderlin就打算全部在烛光里完成。每天在这时候读几页所喜欢读的书，将一天压迫全驱净了，然后再躺下大睡，这也是生平快事罢。（夜十二时，记，摇曳烛光中）

十二月七日

过午预备德文，上体育。忽然决定再托图书馆买书，同时，又决定买Hölderlin全集。下德文后，问Ecke，他说，Hellingrath和

Seebass[1]合辑的全集已绝版，但能买到Second hand[2]，晚上遂写信到Max Hössler[3]问是否可以代买。

二十一日

璧恒公司的信上说：Hölderlin全集或能代我买到，但是须先寄二十元去——接到信，就立刻写了封信，寄了二十元去。大约明年三月书可到，倘若买到的话，还不知道价钱是若干呢。

二十二年 四月一日

Hölderlin全集，居然来了，因为太晚不能取。Sorry之至。

四月十一日

能有这么一部Hölderlin全集，也真算幸福，我最近觉到。无怪昨天Ecke说："你大概是中国第一人有这么一部书的。"

---

1 Hellingrath和Seebass：荷尔德林全集的编者。
2 Second hand：二手。
3 Max Hössler：书商名。

九月十九日

仍然读Hölderlin的诗，有一首 *An einen Heide geschrieben*[1]曲调回还往复，觉得很好。

九月二十一日

仍然读Hölderlin的诗，单字觉得似乎少一点，几天的加油也究竟有了效果。

九月二十二日

今天虽然只上了一课，但似乎没读多少书。零零碎碎地读了点Hölderlin的诗。昨天读Witkop[2]感到该文的困难，同时也就是自己德文的泄气，心中颇有退缩之感，但不久却又恢复了勇气。今天读起Hölderlin来，又有了新鲜的勇气了。

一天把Hölderlin挂在嘴上，别人也就以Hölderlin专家看我，其实，自问对他毫无了解，诗不但没读了多少，而且所读过的大半都

---

1 *An einen Heide geschrieben*：《致异教徒》。
2 Witkop：菲利普·威特克普（Philipp Witkop, 1880—1942），德国学者，曾出版《现代德国抒情诗V1：从弗里德里希·冯·施佩到荷尔德林》。

是生吞活剥，怎配谈他呢？真是内愧得很。

九月二十四日

晚上读Hölderlin，渐渐觉得有趣了。

九月二十五日

早晨，读Hölderlin的诗，把Gueben里的assignments读完了——是关于*Odyssey*、*Iliad*和Virgil的*Aeneid*的myth[1]，颇有趣。

过午检查身体，完了又打球，累极了。

晚上仍读Hölderlin的诗，天下雨。

九月二十七日

功课渐渐堆上来，于是头两天那种悠然读着关于Hölderlin的诗的文章，或Hölderlin的诗的心情，已经跑得无影无踪了，所以不得不把一天的时间分配一下——每晨读Hölderlin诗一小时。

---

[1] *Odyssey*、*Iliad*和Virgil的*Aeneid*的myth：《奥德赛》、《伊利亚特》和维吉尔的《埃涅阿斯纪》的神话。

十月二十五日

过午上German Lyric[1],我已经决定了我的毕业论文题目——"*The early poems of Hölderlin*"[2],Steinen[3]也赞成,他答应下次给我带参考书。

十月二十八日

过午看Hölderlin的诗,已经有月余没读他的诗了。现在读来,恍如旧友重逢。

十一月六日

现在每天总要读点Hölderlin,除了少数几首外,都感不到什么,因多半的趣味都给查生字带走了。在他的早期诗里,我发现一个特点,就是他写的对象,多半都不很具体,很抽象,像Freundschaft、Liebe、Stille、Unsterblichkeit[4]等等,这些诗多半都是

1　German Lyric:德国抒情诗。

2　*The early poems of Hölderlin*:《荷尔德林的早期诗歌》。

3　Steinen:狄特尔·冯·石坦安(Diether von Steinen,1902—?),德国人,德国柏林大学哲学博士,1929年到清华任教,讲授拉丁文。

4　Freundschaft、Liebe、Stille、Unsterblichkeit:友谊,爱情,寂静,不朽。

在Tübingen[1]写的，时间是从1789—1793。我们可以想到他怎样把自己禁闭在"自己"里，去幻想，去作成诗——这也可以算作他自己在幻想里创造了美，再把这美捉住，成了诗的一个证明。

美存在在imagination[2]里——忽然想到。

十一月十五日

过午上German Lyric，问了Steinen几个关于Hölderlin的诗的问题。我想，以后就这样读下去，一天只读一首，必须再三细研，毫无疑问才行，只贪多而不了解也没有多大用处。

十一月二十一日

今天真的觉得没有什么事情干了。平常是，一没有事情干，总想到自己所喜欢的书，于是我又想到了Hölderlin。看得颇不少，而且也感到兴趣。

二十三年　一月二十七日

想到毕业论文就头痛。Hölderlin的诗，我真喜欢，但大部分都

1　Tübingen：图宾根，德国一城市。
2　imagination：想象。

看不懂，将来如何下笔作文。

二月六日

看Hölderlin的诗，一行也不了解，但也就看了下去，仿佛是淡淡的影子飘在面前，又仿佛什么也没有，但一旦意识到了的时候却的确在看书。

六月十三日

今天仍继续翻译，这样细细读下去对德文了解上很有裨益，我想今年暑假把Hölderlin的 *Hyperion*[1] 这样一字字地细读一下。

---

1 *Hyperion*：《许佩里翁》，荷尔德林的书信体小说。

听课心得

二十一年 九月二十八日

今天上叶公超现代诗，人很多，我觉得他讲的还不坏。他在黑板上写了E.E.Cummings[1]一首诗，非常好，字极少而给人一个很深的回音。不过，Interpretations[2]可以多到无数，然而这也没关系。我总主张，诗是不可解释，即便叫诗人自己解释也解不出什么东西来，只是似有似无，这么一种幻觉写到纸上而已。据他说Cummings是Harvard[3]毕业生，有人称他为最〈伟〉大诗人，有人骂他。

1　E.E.Cummings：卡明斯（1894—1962），美国诗人，作家，其诗歌表现形式独特新颖，语言优美，对现代派诗人有广泛影响。

2　Interpretations：解释。

3　Harvard：哈佛大学。

十月十七日

晚上旁听杨先生讲 *Faust*[1]。这次讲的是民间传说的 *Faust* 的历史的演进。关于这个题目，我曾译过一篇 Francke 的东西，然而同杨先生讲的一比，差远了。从前我对杨先生得了一个极不好的印象，以后只要他说的，我总以为带点夸大，不客气地说，就是不很通。然而今晚讲的材料极多而极好。

好，以后千万不要对人轻易地得印象。

民国二十二年　十一月七日

今天早晨上古代文学，吴宓把他所藏的 papyrus[2] 传给我们看，恍如到了古希腊。

晚上听朱光潜讲文艺心理学，讲的是 psychical distance[3] 与近代的形式主义。我昨天所想的那些，又可以得到一个新的根据。Hölderlin，我想，真的能把一切事物放到某一种距离去看，对实际人生他看到的只有抽象的 Schönheit，Freundschaft[4] 等等。但这些

1　Faust：《浮士德》。德国诗人歌德的悲剧。

2　papyrus：纸莎草纸。

3　psychical distance：心理距离。

4　Schönheit，Freundschaft：美好，友谊。

东西，又实在都包括在实际人生里面。所以我们可以说，他对实际人生不太远，也不太近，所谓"不即不离"。一方面使人看到"美"，另一方面，也不太玄虚。

参加文学季刊社聚会

民国二十三年　一月六日

今天文学季刊社请客，我本来不想去，长之劝我去，终于去了。同车者有林庚、俞平伯、吴组缃。

下车后，因为时间早，先到前门、劝业场一带走溜，十二点到撷英番菜馆。

群英济济，三山五岳的英雄好汉群居一堂，约百余人。北平文艺界知名之士差不多全到了，有的像理发匠，有的像流氓，有的像政客，有的像罪囚，有的东招西呼认识人，有的仰面朝天一个也不理，三三两两一小组，热烈地谈着话。

到会的我知道的有巴金、沈从文、郑振铎、靳以、沈樱、俞平伯、杨丙辰、梁宗岱、刘半农、徐玉诺、徐霞村、蹇先艾、孙伏园、瞿菊农、朱自清、容庚、刘廷芳、朱光潜、郭绍虞、台静农等。

两点散会，每人《文学季刊》一册。访露薇不遇。在市场遇长之，又再访之，直追至王姓家中，才找到他——四点半回校。

颇乏，脑海里老是晃动着这个会影子，那一个个的怪物都浮现出来。

清华大学校园内的自清亭

体育锻炼

二十一年　八月二十四日

许久没运动了,今天同岷源去体育馆跑了十五圈。从前一跑二十一圈也不怎样吃力,现在只跑十五圈就感到很大的困难,兴念及此,能不悚然!以后还得运动呵!

十月十九日

过午体育,跑百米,Standard[1]是十四秒五分之二,而我跑了十五秒。

1　Standard:标准。此处指及格标准。

十月二十一日　星期五

过午，体育，跳高Standard是四尺，我只跳三尺七（大约三尺九能过去，因为太累了）。

十月二十八日

过午跑一千六百米，共四圈，因为缺少练习，跑到第二圈上就想下来。好歹携着两条重腿跑下来，头也晕，眼也花，也想吐，一切毛病全来。

十一月二日

过午上体育，打篮球笑话百出。球一到手，立刻眼前发黑，分不清东西南北乱投一气。

十一月九日

过午体育踢足球，非常累而有趣。

十二月二日

过午体育测验，单腿闭眼站二十二秒，起初觉着很易，然而作起来却很难，不过，终于pass了，别人没pass的还多着哩。

又测引身向上五下，也pass了。

二十二年　二月十七日

过午体育是棒球。大汗，颇有意思。

三月二十四日

过午打排球，颇形痛快。不过我的技术坏到不可开交，终于把手指□了一下。

四月十四日

过午体育后同吕、陈打Handball[1]，颇有趣，自运动以来，未有如是之累者。

1　Handball：手球。

四月十五日

过午又去打Handball，同吕，比昨天更累，后来，连臂都不能抬了。浑身痛，腰也不能直。

四月十七日

早晨Herr陈买了网球，于是大打网球。

四月十八日

下午下了中世纪[1]又打网球。

四月十九日

过午又打网〈球〉。这一星期来，几乎每天运动，而且还最少延长三小时，开有生之记〔纪〕录。

---

1 中世纪：指作者的一门课程"中世纪文学"。

五月三日

过午跑四百米,大累。

五月九日

打网球及手球,汗下如雨。

五月三十一日

过午二至三〈点〉打网球,三至六〈点〉打Handball,直打〈得〉遍身软酥,一点力量也没有了。打破以往运动时间长的记〔纪〕录。

十一月二十日

打Handball。说到运动,我是个十足的门外汉,但是对Handball我却产生了极大的兴趣,我喜欢它的迅速和紧张。

看狮子座流星雨

二十一年　十一月十七日

最近报上载着狮子星座放射流星，每三十三年一次，上次为1899年，今年适为33年。每年都在十一月中旬，尤以十六、十七两日为最好，古人所说"星陨如雨"者是。我为好奇心所鼓动，半夜里爬起来，其他同学起来也大有人在。同长之到气象台下去等着看，天气简直冷得要命，我急忙中没穿袜子，尤其觉得冷。刚走到气象台下空场上，忽然天上一闪——是一个流星，然而这一闪别梦还依稀，只我一人注意到了，于是就倚在台下等着。还有其他同学数十人。朦胧的月色，使一切东〈西〉都仿佛浸在牛乳里似的。蓦地两边又一闪——是一颗流星。然而谁都不以为这就是所等着、渴望地等着的奇迹，都以为还有更大的奇迹出现，最少也得像玩盒子灯般的下一阵星雨。然而结果是失望——仍是隔半天天空里一闪，一颗流星飞过了,赶着去幻灭。

我实在支持不了。跑回来加了衣裳又出去。朦胧里游移着一个个的黑影,也倒颇有意思。抬头看着天,满天星都在眨眼,一花眼,看着它们要飞似的,然而它们却仍站着不动,眨着眼。

终到因为太冷,没等奇迹的出现就回来了。白天才听说,所谓奇迹者就是那半天一跑的流星——奇迹终于被我见了。

早晨上了一早晨班,很觉得疲乏。过午小睡两点钟。

晚上Winter讲演,题目是Aderé Gide[1],讲得很好,可惜人甚少(不到二十人),未免煞风景,不过他这种题目也实在不是一般人可以了解的。他一讲讲了两点,我手不停挥地笔记,头痛极了。回屋后,因为明天头一堂有法文,还没预备好,焚烛加油。这篇日记也是在烛影摇曳中记的。

---

1 Aderé Gide:安德烈·纪德(1869—1951),法国作家。

考试

二十一年　十月十三日

过午考中世纪,一塌糊涂。

十一月十一日

今天考小说[1],题目多而容易。满满写了四张,颇觉满意,今年我们功课虽多,而预备极容易。

十二月二十九日

早晨忽考法文,结果一塌糊涂,真是岂有此理。

1　小说:指作者的一门课程"西洋小说"。

吴宓的稿费发给了——我真想不到，竟能十元大洋。因为法文答得不好，一天不痛快，非加油不行。

二十二年　二月七日

今天第一次有考。戏曲，只一个题，预备的全没用。

二月八日

今天考三样。晚来头痛身疲，如乘三日火车者然。

二月九日

今天考两样。完全是临时乱抓，预备的全用不上。

二月十一日

今天考法文。早知道Holland的题目一定要"绝"不可言。果然，又有Dictation[1]，又有Translation[2]，又有Conjugation[3]，又有

1　Dictation：听写。
2　Translation：翻译。
3　Conjugation：动词变位。

Composition[1]，仓促答完，已两点有半矣。

九月五日

今天过午第一次考试——Drama[2]。在上场前，颇有些沉不住气之感。窃念自小学而大学，今大学将毕业，身经大小数百考，亦可谓久征惯战了，为什么仍然沉不住气呢？

在考前，我就预言，一定考High Comedy[3]。因为我的笔记就只缺这一次，按去年的事实，只要我缺，他准考。这次果然又考了。急了一头汗。幸而注册部职员监场，大看别人笔记，他来干涉。与橡皮钉一。因为知道可以看书，明天Shakespeare，今天也不必预备。

九月六日

今天过午考两场：小说和Shakespeare。Shakespeare的题目又叫我预言着了——Talestoff[4]。

1　Composition：作文。
2　Drama：戏剧，指作者的一门课程"近代戏剧"。
3　High Comedy："高雅喜剧"。指一般取材于上流社会生活，主题严肃、含义深长的喜剧，与"低俗喜剧（Low Comedy）"依赖于形体动作、庸俗可笑而紧张的场面以及下流玩笑相对比。
4　Talestoff：故事素材。

今天考Shakespeare，监场者颇知趣。

九月七日

早晨考Renaissance[1]，想不到这样容易。

九月九日

早晨怀着不安定的心，走到教室里。考法文，出的题不太难，不过，答得也不好。

二十三年　一月十日

今天开始学期考试，我没有什么考。

一天都在同文学批评对命，结果是一塌糊涂，莫名其妙。

在事前，我知道这次考试不成问题，然而到现在临起阵来却还有点惊惶。我自嘲道："自小学到大学，今大学又将毕业，身经何虑大小数百阵，现在惊惶起来，岂不可笑吗？"

1　Renaissance：文艺复兴，指作者的一门课程"文艺复兴时期文学"。

一月十一日

说惊惶，还真点惊惶。早晨七时前就起来了，外面还没亮。

考古代文学，大抄一阵。

考文学批评，颇坐蜡，但也对付上了。

六月七日

早晨考古代文学，明知道上班要抄书，但心里总仿佛有件事似的，不能安心睡了下去。六点半就起来，在勉强起来的一霎我深深感到睡觉的甜蜜。

过午又考德国抒情诗，是讨论式，结果费了很多的时间，也没什么意思。

六月十一日

预备philology，下午要考。

终于考完了，题目不难。大学生活于此正式告终，心里颇有落寞之感。

原来以为考完了应该很痛快。而今真的考完了，除了心里有点空虚以外，什么感觉也没有。

思母情

二十二年　二月二十二日

今天最值得记的事情就是接到母亲的信,自从自〈己〉出来以后,接到她老人家的信这还是第一次。我真想亲亲这信,我真想哭,我快乐得有点儿悲哀了……的确母亲的爱是最可贵的呵!

七月四日

几日来,心情非常坏,一方面因为个人的前途恐怕不很顺利,一方面又听一叔说母亲有病,香妹定七日出嫁。母亲她老人家艰难辛苦守了这几年,省吃俭用,以致自己有了病,只有一个儿,又因为种种关系,七八年不能见一面,(别人),除了她的儿以外,她的苦心,她的难处谁还能了解呢?母亲,我哭也没泪了。

十月二十四日

有时候,脑筋里仿佛一阵迷糊,我仍然不相信母亲会真的死去了。我很难追忆她的面孔,但她的面孔却仿佛老在我眼前浮动似的。天哪,我竟然得到这样的命运吗?

十月二十七日

有时候,忽然一闪,仍然不相信母亲会死了(我写这日记的时候还有点疑惑呢),她怎么就会死了呢?绝不会的,绝不会舍了我走了的。

十月二十九日

午饭后,同施、王、左诸君到圆明园闲逛,断垣颓壁,再加上满目衰草,一片深秋气象,冷落异常。我仍然不时想到我的母亲——不知为什么,我老不相信她是死了。她不会死的,绝不会!在这以前,我脑筋里从来没有她会死的概念。

晚上仍然读Hölderlin的诗。

把在济南时作的《哭母亲》拿出来,加了几句话。

十一月二日

在文学批评班上，我又想到我死去的母亲。这一次"想到"的袭来，有点剧烈，像一阵暴雨，像一排连珠箭，刺痛我的心。我想哭，但是泪却向肚子里流去了。我知道人生不过是这么一回事，但我却不能超然，不能解脱。我现在才真的感到感情所给的痛苦，我有哪一天把感情解脱了呢？我决定作《心痛》。

十二月十四日

没觉得怎么样，又快过年了。时间过得快，是"古已有之"的事，用不着慨叹，但是却非慨叹不行。这慨叹有点直觉的成分，但是随了这而来的，是许多拉不断扯不断的联想。我想到济南的家，想到故乡里在坟墓躺着的母亲——母亲坟上也该有雾了罢？想到母亲死了已经快三个月了，想到许多许多，但是主要的却还有无所谓的怅惘。在某一种时候，人们似乎就该有点怅惘似的。

十二月二十二日

终于开始抄《心痛》了，写文章真不是易事，我现在才知道。即如这一篇吧，当初写着的时候，自己极满意。后来锁在抽屉里，也颇满意。现在抄起来，却又不满意。我所牺牲的精力是这样多，现在却落了个不满意。你想，我是怎样难过呢？但是，我还有点希望，就是看别人的意见怎样。

抄了一天，没完。

晚上在抄的时候，又想到母亲，不禁大哭。我真想自杀，我觉得我太对不住母亲了。我自己也奇怪八年不见母亲，难道就不想母亲么？现在母亲走了，含着一个永远不能弥补的恨。我这生者却苦了，我这个恨又有谁知道呢？

十二月二十四日

晚上又想到母亲，又大哭失声，我真不了解，上天何以单给我这样的命运呢？我想到自杀。

民国二十三年　三月十二日

大风，房屋震动，今年最大的风了。

满屋里飞着灰土，书页上顷刻都盖满了。不能坐下念书，而且精神也太坏。

长之因为接到母亲的信而伤感，对我说："你是没有母亲的人，我不愿意对你说。"——天哪！"我是没有母亲的人！"我说什么呢？我怎样说呢？

五月三日

因为想到王妈又想到自己的母亲。我真不明了整八年在短短一生里占多长的时间,为什么我竟一次也没家去看看母亲呢?使她老人家含恨九泉,不能瞑目!呜呼,茫茫苍天,此恨何极?我哭了半夜,夜里失眠。

六月七日

昨天又想到母亲,其实我时常想到的。我不能不哭,当想到母亲困苦艰难的一生,没能见她的儿子一面就死去了,天哪,为什么叫我有这样的命运呢?

当我死掉父亲的时候,我就死掉母亲了,虽然我母亲是比父亲晚八年以后死的。

发愿留德

二十二年　八月十六日

今天一天精神不好，一方面因为还有点想家，（笑话！）再一方面就因为看到这次清华公费留学生考试。我很想到外国去一趟，但是学的这门又不时行，机会极少。同时又想到同在一个大学里为什么别人有出洋的机会，我就没有呢？——仿佛有点近于妒羡的神气。其实事情也极简单，用不着苦恼，但是却盘踞在我的心里，一上一下，很是讨厌。

十七日

最近又想到非加油德文不行。这大概也是因留学而引起的刺激的反应。昨天晚上我在纸条上写了几个字"在旋涡里抬起头来，没有失望，没有悲观，只有干！干！"然而干什么？干德文。我最近觉到，留美实在没意思。立志非到德国去一趟不行，我先在这里作个自誓。

二十三年　六月十三日

今天仍继续翻译，这样细细读下去对德文了解上很有裨益，我想今年暑假把Hölderlin的*Hyperion*这样一字字地细读一下。

晚上吴宓请客。还满意。

最近我一心想赴德国，现在去当然不可能。我想做几年事积几千块钱，非去一趟住三四年不成。我今自誓：倘今生不能到德国去，死不瞑目。

心声

二十一年 八月二十六日

理想不管怎样简单,只要肯干,就能成功,"干"能胜过一切困难,一切偏见——这是我读《新月》"志摩纪念号"任鸿隽译的《爱迪生》起的感想,长之释之曰:干者生命力强之谓也。

九月二十一日

今天我忽然想到,我真是个书迷了。无论走到什么,总想倘若这里有一架书,够多好呢!比如游西山,我就常想到,这样幽美的地方,再有一架书相随,简直是再好没有了。

十月二十二日

科学的目的是得一种彻底的了解。对生命的了解,对宇宙的了解。因为能力的关系,个人不能全部研究,范围愈小,愈易精到。

十月三十一日

我坐汽车进城的时候,我观察到几乎每个人头上都有顶毡帽,然而又都非常难看。在车窗外面,猛一闪我又看见了一个戴瓜皮帽的。因此想到,毡帽实在是西洋的东西,现在是被中国采用了。同时又有瓜皮帽存在着,实在是一种不调和。就这种不调和实在是人生一切悲剧的起因,再进一步说一句,不调和就是人生,人生就是不调和的。

十一月七日

今天又到书库里去。我每次去,看见那几部法文书,总羡慕得馋涎欲滴,总觉得个人那点书的渺小。我最近对书仿佛生了极大的爱情(其实以前也这样,不过轻点罢了)。同班中也有几个书迷,见面时,大部分总是谈到书。即如我本学期,买书费占总费用的三分之二强,不能不算多了。

十二月四日

在看电影的期间,想到——Turgenev[1]说Hamlet[2]代表人的怀疑,Don Quixote[3]代表人的勇往直前的精神。阿Q这两样全有。

十二月十日

有信仰就好说,即便信仰而到了"迷"信,也不打紧,最苦的是对任何事都失了信仰的人。

十二月二十八日

我觉得我所认识的朋友够了解我的实在太少了。人们为什么一天戴着面具呢?我感觉到窒息。我要求痛快。我并〈不〉是天才,然而人们照样不了解我,这我还说什么呢?我大笑罢,我还是大哭呢?

---

1 Turgenev:屠格涅夫(1818—1883),俄国作家。

2 Hamlet:哈姆雷特,莎士比亚《哈姆雷特》中的人物。

3 Don Quixote:唐吉诃德,西班牙小说家塞万提斯笔下的人物。

二十二年　一月三日

过午看报，榆关战启。晚上就听人说，榆关失守了。于是，一般人——在享乐完了以后——又谈到日本了。这所谓"谈"者，不过，骂两句该死的日本鬼子，把自己的兽性藉端发一发，以后，仍然去享乐。

我怎么也同他们一样呢？这些混蛋，我能同他们一样么？沪战正酣的时候，我曾一度紧张。过后，又恢复了常态，因为刺戟拿掉了。现在刺戟又摆在你面前，我又只好同他们一样地想到了日本了，又紧张了。

这样的人生，又是这样的我，还能活下去吗？还配活着吗？

一月五日

拼命预备考试，同时又感到现在处境的不安定，在这种矛盾的心情下，糊涂地过了一天。

人类是再没出息没有的了，尤其是在现在这个严重的时期。一有谣言总相信，于是感到不安定。听了谣言总再传给别人，加上了自己的渲染，于是别的同我们一样的人也感到更大的不安定。就这样，不安定扩大了开去。于是无事自扰，于是有了机会，于是又有人来利用这机会，傻蛋于是被别人耍弄，变得更傻了。

我的原理是——非个人看见的，一切不相〈信〉。

晚上又听了许多，心绪纷乱。半夜失眠。

一月六日

我最近发现了，在自己内心潜藏着一个"自私自利"的灵魂。开口总说："为什么不抵抗呢？"也就等于说："别人为什么不去死呢？"自己则时时刻刻想往后退。有时觉到这种心要不得，然而立刻又有大串的理由浮起来，总觉得自己不能死，这真是没办法。

二月二十日

近几日来，心中颇空虚而不安。有烦闷，然而说不出，颇想放纵一个时期。

我讨厌一切人，人们都这样平凡。我讨厌我自己，因为自己更平凡。

三月三日

这几天心绪坏极了——人生反正不过这么一回事，只有苦痛，苦痛。到头也是无所谓。说我悲观厌世吗？我却还愿意活下去，什么原因呢？不明了。

家庭，论理应该是很甜蜜。然而我的家庭，不甜不蜜也罢，却只是我的负担。物质上，当然了，灵魂上的负担却受不了。

三月十八日

星期六没课，颇觉得闲散。

早晨看Ibsen的*Doll´s House*[1]，看Dante[2]，看Dante别的倒没觉出来，只觉得味很厚。昨晚同Herr陈谈到李义山，说到他是中国象征诗人。我的趣味是趋于象征的唯美的，所以便把他的全集借了来。

过午看《红楼》。原来看到宝玉宝钗提亲便不忍再看了。我看到林黛玉的孤独，别人的瞒她，总动感情。我这次再接着看是拿看刽子手杀人的决心看下去的，但终于把九十七回——黛玉死——隔了过去。

七月一日

今天晚间访长之，纵谈一晚，谈到文学，哲学，又谈到王

1　Ibsen的*Doll´s House*：易卜生的《玩偶之家》。易卜生（Henrik Johan Ibsen，1828—1906），挪威哲学家、诗人。

2　Dante：但丁（1265—1321），意大利诗人，中古到文艺复兴过渡时期最有代表性的作家。

静安[1]先生的刻苦励学。长之说：一个大学者的成就并不怎样神奇，其实平淡得很，只是一步步走上去的。这最少给我们一点兴奋剂，使我们不致自甘暴弃。回家后，心情大变。I have gotten refreshment[2]。

八月十九日

我最近觉到很孤独。我需要人的爱，但是谁能爱我呢？我需要人的了解，但是谁能了解我呢？我仿佛站在辽阔的沙漠里，听不到一点人声。"寂寞呀，寂寞呀！"我想到故乡里的母亲。

我的本性，不大肯向别人妥协，同时，我又怨着别人，不同我接近，就这样矛盾吗？

九月二日

我近来感到为什么人都不互相了解。我自己很知道，我连自己都不了解，我努力去了解别人，也是徒然。但是为什么别人也不了解我呢，尤其是我的很好的朋友？

1　王静安：王国维（1877—1927），字静安，晚号观堂，浙江海宁人，著名学者。

2　I have gotten refreshment：我恢复了精神。

九月二十一日

过午读Witkop，又感到单字多得不〈得〉了，而且如读符咒不知所云，德文程度，学过了三年的程度，弄到这步田地，实在悲观。但这悲观，不是真的悲观，我毫不消极，非要干个样不行。连这个毅力都没有，以后还能做什么呢？

清华风景

二十一年　九月二日

昨晚通宵失眠,起得又特别早,当我推开朝北的窗子的时候:一片濛〈濛〉的朝雾,似无却有,似淡却浓,散布开去,一直到极远的地方。而近处的翁郁绿树却显得〈更〉翁郁了。在这层雾的上边,露着一片连山的山头,顶是蒙着白雪(塞外)——绿树衬着白雪,你想是什么景色呢?

二十二年　三月二十二日

早晨躺在被里——满屋里特别亮。下雪了吗?抬头一看,真的下雪了。今年北平本有点怪,冬天不下雪,春天却大下。这次雪又有点怪,特别大而软松。树枝满的是雪,远处的山也没了,只有一片似雾似烟白气，停滞在天边。近处的树像一树梨花，远处的只是淡淡的黑影，像中国旧画上的。远处的树，衬了朦胧乳白的背景，直是一片诗境。

我站在窗前，仿佛有点inspiration[1]，又仿佛用力捉了来的。于是，我怀疑所谓感情的真实（平常都说感情是顶真实的）性。面对着这一幅图画，不去领略，却呆想，我于是笑了。

八月十六日

晚饭后，同王、施二君出去散步。在黑暗里，小山边，树丛里，熠耀着萤火虫，一点一点，浮游着，浮游着，想用手去捉，却早飞到小枝上去了。这使我想起杜诗"却绕井栏〔阑〕添个个，偶经花蕊弄辉辉"。

十二月二十八日

一天都仿佛有雾似的，朦胧一片白色，远处的树只看见叶子，近处的树枝上都挂着一线线的雪。吴宓说："今天应该作诗。"真是好的诗料。

---

1 inspiration：灵感。

二十三年 七月十三日

早晨十点到北平——看铁路两旁，一片汪洋，不久以前大概下过大雨。到北平天仍然阴着，十二点乘汽车返校——清华园真是好地方，到现在要离开了才发见了清华的好处：满园浓翠，蝉声四起，垂柳拂人面孔，凉意沁人心脾。

第三辑
季羡林的北大情

春满燕园

燕园花事渐衰。桃花、杏花早已开谢。一度繁花满枝的榆叶梅现在已经长出了绿油油的叶子。连几天前还开得像一团锦绣似的西府海棠,也已落英缤纷、残红满地了。丁香虽然还在盛开,灿烂满园,香飘十里,但已显出疲惫的样子。北京的春天本来就是短的,"雨横风狂三月暮,门掩黄昏,无计留春住。"看来春天就要归去了。

但是人们心头的春天却方在繁荣滋长。这个春天,同在大自然里的春天一样,也是万紫千红、风光旖旎的,但它却比大自然里的春天更美、更可爱、更真实、更持久。郑板桥有两句诗:"闭门只是栽兰竹,留得春光过四时。"我们不栽兰,不种竹,我们就把春天栽种在心中,它不但能过今年的四时,而且能过明年、后年,不知多少年的四时,它要常驻我们心中,成为永恒的春天了。

昨天晚上,我走过校园。四周一片寂静,只有远处的蛙鸣划破深夜的沉寂，黑暗仿佛凝结了起来，能摸得着，捉得住。我走着走着，蓦地看到远处有了灯光，是从一些宿舍的窗子里流出来的。我心里一愣，我的眼睛仿佛有了佛经上叫作天眼通的那种神力，透过墙壁，就看了进去。我看到一位年老的教师在那里伏案苦读，他仿佛正在写文章，想把几十年的研究心得写下来，丰富我们文化知识的宝库。他又仿佛是在备课，想把第二天要讲的东西整理得更深刻、更生动，让青年学生获得更多的滋养。他也可能是在看青年教师的论文，想给他们提些意见，共同切磋琢磨。他时而低头沉思，时而抬头微笑。对他说来，这时候，除了他自己和眼前的工作以外，宇宙万物都似乎不存在，他完完全全陶醉于自己的工作中了。

今天早晨，我又走过校园。这时候，晨光初露，晓风未起。浓绿的松柏，淡绿的杨柳，大叶的杨树，小叶的槐树，成行并列，相映成趣。未名湖绿水满盈，不见一条皱纹，宛如一面明镜。还看不到多少人走路，但从绿草湖畔，丁香丛中，杨柳树下，土山高头却传来一阵阵朗诵外语的声音。倾耳细听，俄语、英语、梵语、阿拉伯语等等，依稀可辨。在很多地方，我只是闻声而不见人，但是仅仅从声音里也可以听出那种如饥如渴迫切吸收知识、学习技巧的炽热心情。这一群男女大孩子仿佛想把知识像清晨的空气和芬芳的花香那样一口气吸了下去。我走进大图书馆，又看到一群男女青年挤坐在里面，低头做数学或物理、化学的习题，也都是全神贯注，鸦雀无声。

我很自然地就把昨天夜里的情景同眼前的情景联系了起来。

年老的一代是那样，年轻的一代又是这样，还能有比这更动人的情景吗？我心里陡然充满了说不出的喜悦。我仿佛看到春天又回到园中：繁花满枝，一片锦绣。不但已经开过花的桃树和杏树又开出了粉红色的花朵，连根本不开花的榆树和杨柳也满树红花。未名湖中长出了车轮般的莲花，正在开花的藤萝颜色显得格外鲜艳。丁香也是精神抖擞，一点也不显得疲惫。总之是万紫千红，春色满园。

这难道仅仅是我一个人的幻象吗？不是的。这是我心中那个春天的反映。我相信，住在这个园子里的绝大多数的教师和同学心中都有这样一个春天，眼前也都看到这样一个春天。这个春天是不怕时间的。即使到了金风送爽、霜林染醉的时候，到了大雪漫天、一片琼瑶的时候，它也会永留心中，永留园内，它是一个永恒的春天。

1962年5月11日

燕园盛夏

走在路上，偶一抬头，看到池塘里开出了第一朵荷花，临风摇曳，红艳夺目。我不禁一愣，夏意蓦地逗上心头：盛夏原来已经悄悄地来到燕园了。

几天来，天气也确实很热。一大早，坐在窗前读书的时候，听到外面柳树丛中有一种鸟边飞边叫"快拿锄头"，心里还微微地感到一点凉意。但是，一近中午，炎阳当顶，热气从四面八方袭来。从高树枝头飘下来的蝉声似乎都是温热的。池塘里，成群的鱼浮到有绿荫的水面上来纳凉。炎热仿佛统治了整个宇宙。

但是，最热的还不是自然界的这些，而是青年人的心。今年有两千个男女青年在这里学习了五六年之后，就要走上社会主义建设的工作岗位了。他们一方面努力温课，准备考试，要拿出最出色的成绩向祖国人民汇报；一方面又做好思想准备，要到最艰苦的地方去。伟大祖国的各个方面和各个地区，都在他们考虑之中。他们想到欣欣向荣的农村,他们想到钢水奔流热火朝天的工厂,他们想到冰天雪地、林深草密或者大海汪洋的辽阔的边疆,他们也想到培育比他们更年轻一代的中学的课堂。对他们说来,这些地方都是最好的地方,祖国大地的每一个角落都是他们理想寄托之所在。他们想到什么地方,什么地方就在他们心中开成一朵花。

多么可爱的青年人啊!

我对这些青年人一向怀着特殊的好感。我看他们都朴素率真,平易近人。女孩子有的梳着两条长辫子,有的剪短了头发,蓬蓬松松。男孩子头发更是随便,有的还比较整齐,有的就不大在乎。他们成天价嘻嘻哈哈,好像总有乐不完的事。看起来并没有什么特别

季羡林先生在门前荷塘前

惊人的地方。但是，我总觉得，他们走路时脊梁骨是直的，好像有什么东西在那里撑着他们。他们的脚底板是硬的，好像永远也不会滑倒。他们的眼睛，即使还充满了稚气，但却是亮的，好像能看到许多东西，既能看到昨天和今天，又能看到明天。

今年要毕业的这一些青年人眼睛好像就更亮了。他们在党的教育下，开始看到一些他们以前不大注意的东西。我曾参加毕业同学的大会，我没有同任何人说过一句话。但是，我从他们的眼睛里好像就完全了解了他们的心情，看到他们那一颗颗火热的心。他们知道，自己现在进行的事业是人类历史上空前伟大的事业，它关系到亿万人民的解放，关系到人类的前途。进行这样的事业，路途不会是平坦的，这样或那样的风险是不可避免的。可是他们心中有数，只要跟着党走，风暴再大，也绝不会迷失方向。

同这样一些青年人在一起是幸福的。

当我像他们这样大的时候，我想的完全是另外一些事情。我脑子里常常浮起一个问题：人生的意义究竟是什么？当时很多人都有这样一个问题，学术界还曾就这个问题大讨论而特讨论。结果是越讨论越糊涂，问题还依然是问题。

解放以后，我自己逐渐解决了这个问题。要对今天的青年人来谈这个问题，他们会觉得异常的可笑，甚至不可理解。人生的意义嘛，那就是斗争，为了共产主义，为了亿万人民的幸福而斗争。这还有什么可讨论的呢？这些青年人正准备着参加到斗争的最前线去。他们肩膀上的担子是重的，但是他们愿意担，而且只要努力，我看也担得起。

我常常在校园里静观周围的青年人，他们的打扮不一样，姿态千差万别，从事的活动也多种多样，看上去有点目迷五色。但是，不管是哪一个站在树下高声朗诵的男孩子，还是从实验室里走出来的女孩子；不管是哪一个在操场上奔跑的女孩子，还是拿着铁锹正在劳动的男孩子，他们在党的教育下，也都同我一样，慢慢懂得了革命的道理，有着一个共同的目的，一个伟大的目的。

无论谁，无论在什么时候，只要想到这一点，他心里就会像点上一把火。就是在酷暑的伏天，也不例外。现在就要走上工作岗位的青年人心里有这样一把火，难道不是很自然的吗？

可是，说也奇怪，心里有了这样一把火，外面天气再热，我们反而感觉不到。我们只觉得心旷神怡，清凉遍体。燕园的盛夏好像是一转眼就消逝得无影无踪，眼前正是惠风和畅或金风送爽的春秋佳日，池塘里开的不是荷花，而是牡丹和菊花。

1963年7月

春归燕园

　　凌晨，在熹微的晨光中，我走到大图书馆前草坪附近去散步。我看到许多男女大孩子，有的耳朵上戴着耳机，手里拿着收音机和一本什么书；有的只在手里拿着一本书，都是凝神潜虑，目不斜视，嘴里喃喃地朗诵什么外语。初升的太阳在长满黄叶的银杏树顶上抹上了一缕淡红。我们这些早晨八九点钟的太阳，面对着那一轮真正的太阳。我只感觉到满眼金光，却分不清这金光究竟是从哪里来的了。

　　黄昏时分，在夕阳的残照中，我又走到大图书馆前草坪附近去散步。我看到的仍然是那一些男女大孩子。他们仍然戴着耳机，手里拿着收音机和书，嘴里喃喃地跟着念。夕阳的余晖从另外一个方向在银杏树顶上的黄叶上抹上了一缕淡红。此时，我们这些早晨八九点钟的太阳，同西山的落日比起来，反而显得光芒万丈。

眼前的情景对我是多么熟悉然而又是多么陌生啊!

十多年以前,我曾在这风景如画的燕园里看到过类似的情景。当时我曾满怀激情地歌颂过春满燕园。虽然时序已经是春末夏初时节,但是在我的感觉中却仍然是三春盛时,繁花似锦。我曾幻想把这春天永远留在燕园内,"留得春光过四时",让它成为一个永恒的春天。

然而我的幻想却落了空。跟着来的不是永恒的春天,而是三九严冬的天气。虽然大自然仍然岿然不动,星换斗移,每年一度,在冬天之后一定来一个春天,燕园仍然是一年一度百花争妍,万紫千红。然而对我们住在燕园里的人来说,却是"镇日寻春不见春",宛如处在一片荒漠之中。不但没有什么永恒的春天,连刹那间春天的感觉也消逝得无影无踪了。当时我唯一的慰藉就是英国浪漫诗人雪莱的两句诗:

既然冬天到了,

春天还会远吗?

我坚决相信,春天还会来临的。

雪莱的话终于应验了,春天终于来临了。美丽的燕园又焕发出青春的光辉。我在这里终于又听到了琅琅的书声。而且在这琅琅的书声中我还听到了十多年前没有听到的东西,听到了一些崭新的东西。在这平凡的书声中我听到的难道不就是千军万马向四个现代化进军的脚步声吗？我听到的难道不就是向科学技术高峰艰苦而又乐观的攀登声吗？我听到的难道不就是那美好的理想的社会向前行进的开路声吗？我听到的难道不就是我们的青年一代内心深处的声音吗？不就是春天的声音吗？

眼前，就物候来说，不但已经不是春天，而且也已经不是夏天，眼前是西风劲吹、落叶辞树的深秋天气。"悲哉秋之为气也"，眼前是古代诗人高呼"悲哉"的时候。然而在这春之声大合唱中，在我们燕园里大图书馆前的草坪上，在黄叶丛中，在红树枝下，我看到的却是阳春艳景，姹紫嫣红。这些男女大孩子一下子变成了巨大的花朵，一霎时开满了校园。连黄叶树顶上似乎也开出了碗口大的山茶花和木棉花。红红的一片，把碧空都映得通红。至于那些"霜叶红于二月花"的霜叶，真的变成了红艳的鲜花。整个的燕园变成了一座花山，一片花海。

春天又回到燕园来了啊！

而且这个春天还不限于燕园，也不限于北京，不限于中国。它伸向四海，通向五洲，弥漫全球，辉映大千。我站在这个小小的燕园里，仿佛能与全世界呼吸相通。我仿佛能够看到富士山的雪峰，听到恒河里的涛声，闻到牛津的花香，摸到纽约的摩天高楼。书声动大地，春色满寰中，这一个无所不在的春天把我们联到一起来了。它还将不是一个短暂的春天。它将存在于繁花绽开的枝头，它将存在于映日接天的荷花上，它将存在于辽阔的万里霜天，它将存在于千里冰封、万里雪飘的严冬。一年四季，季季皆春。它是比春天更加春天的春天。它的踪迹将印在湖光塔影里,印在每一个人的心中。它将是一个真正的永恒的春天。

1979年1月1日

梦萦未名湖

北京大学正在庆祝九十周年华诞。对一个人来说,九十周年是一个很长的时期,就是所谓耄耋之年。自古以来,能够活到这个年龄的只有极少数的人。但是,对一个大学来说,九十周年也许只是幼儿园阶段。北京大学肯定还要存在下去的,二百年,三百年,一千年,甚至更长的时期。同这样长的时间相比,九十周年难道还不就是幼儿园阶段吗?

我们的校史,还有另外一种计算方法,那就是从汉代的太学算起。这绝非我的发明创造,国外不乏先例。这样一来,我们的校史就要延伸到两千来年,要居世界第一了。就算是两千来年吧,我们的北大还要照样存在下去的。也许三千年,四千年,谁又敢说不行呢?同将来的历史比较起来,活了两千年也只能算是如日中天,我们的学校远远没有达到耄耋之年。

一个大学的历史存在于什么地方呢?在书面的记载里,在建筑的实物上，当然是的。但是，它同样也存在于人们的记忆中。相对而言，存在于人们的记忆中，时间是有限的，但它毕竟是存在，而且这个存在更具体、更生动、更动人心魄。在过去九十年中，从北京大学毕业的人数无法统计，每个人都有自己对母校的回忆。在这些人中，有许多在中国近代史上非常显赫的名字。离开这一些人，中国近代史的写法恐怕就要改变。这当然只是极少数人。其他绝大多数的人，尽管知名度不尽相同，也都在自己的工作岗位上，为祖国的建设事业做出了自己的贡献。他们个人的情况错综复杂，他们的工作岗位五花八门。但是，我相信，有一点却是共同的：他们都没有忘记自己的母校北京大学。本书中收集的几十篇文章完全可以证明这一点。母校像是一块大磁石吸引住了他们的心，让他们那记忆的丝缕永远同母校挂在一起，挂在巍峨的红楼上面，挂在未名湖的湖光塔影上面，挂在燕园的四时不同的景光上面：春天的桃杏藤萝，夏天的绿叶红荷，秋天的红叶黄花，冬天的青松瑞雪；甚至临湖轩的修篁，红湖岸边的古松，夜晚大图书馆的灯影，绿茵上飘动的琅琅书声，所有这一切无不挂上校友们回忆的丝缕，他们的梦永远萦绕在未名湖畔。《沙恭达罗》里面有一首著名的诗：

季羡林先生在未名湖畔

> 你无论走得多么远也不会走出了我的心,
> 黄昏时刻的树影拖得再长也离不开树根。

北大校友们不完全是这个样子吗?

至于我自己,我七十多年的一生(我只是说到目前为止,并不想就要做结论),除了当过一年高中国文教员,在国外工作了几年以外,唯一的工作岗位就是北京大学,到现在已经四十多年了,占了我一生的一半还要多。我于1946年深秋回到故都,学校派人到车站去接。汽车行驶在十里长街上,凄风苦雨,街灯昏黄,我真有点悲从中来。我离开故都已经十几年了,身处万里以外的异域,作为一个海外游子经常给自己描绘重逢的欢悦情景。谁又能想到,重逢竟是这般凄苦?我心头不由自主地涌出了两句诗:"西风凋碧树,落叶满长安(长安街也)。"我心头有一个比深秋更深秋的深秋。

到了学校以后,我被安置在红楼三层楼上。在日寇占领时期,红楼驻有日寇的宪兵队,地下室就是行刑杀人的地方,传说里面有鬼叫声。我从来不相信有什么鬼神。但是,在当时,整个红楼上下五层,寥寥落落,只住着四五个人,再加上电灯不明,在楼道的薄暗处真仿佛有鬼影飘忽。走过长长的楼道,听到自己的足音回荡,颇疑非置身人间了。

但是,我怕的不是真鬼,而是假鬼,这就是决不承认自己是魔鬼的国民党特务,以及由他们纠集来的当打手的天桥的地痞流氓。当时国民党反动派正处在垂死挣扎阶段。号称北平解放区的北大的民主广场，成了他们的眼中钉、肉中刺。红楼又是民主广场的屏障，于是就成了他们进攻的目标。他们白天派流氓到红楼附近来捣乱，晚上还想伺机进攻。住在红楼的人逐渐多起来了。大家都提高警惕，注意动静。我记得有几次甚至想用椅子堵塞红楼主要通道，防备坏蛋冲进来。这样紧张的气氛颇延续了一段时间。

延续了一段时间，恶魔们终于也没能闯进红楼，而北平却解放了。我于此时真正是耳目为之一新。这件事把我的一生明显地分成了两个阶段。从此以后，我的回忆也截然分成了两个阶段：一段是魑魅横行，黑云压城；一段是魍魉现形，天日重明。二者有天渊

未名湖的春天

之别、云泥之分。北大不久就迁至城外有名的燕园中，我当然也随学校迁来，一住就住了将近四十年。我的记忆的丝缕会挂在红楼上面，会挂在截然不同的两个世界上，这是不言自喻的。

一住就是四十年，天天面对未名湖的湖光塔影。难道我还能有什么回忆的丝缕要挂在湖光塔影上面吗？别人认为没有，我自己也认为没有。我住房的窗子正面对未名湖畔的宝塔。一抬头，就能看到高耸的塔尖直刺蔚蓝的天空。层楼栉比，绿树历历，这一切都是活生生的现实，一睁眼，就明明白白能够看到，哪里还用去回忆呢？

然而，世事多变。正如世界上没有一条完全平坦笔直的道路一样，我脚下的道路也不可能是完全平坦笔直的。在魑魅现形、天日重明之后，新生的魑魅魍魉仍然可能出现。我在美丽的燕园中，同一些正直善良的人们在一起，又经历了一场群魔乱舞、黑云压城的特大暴风骤雨。这在中国人民的历史上是空前的（我但愿它也能绝后）！我同一些善良正直的人们被关了起来，一关就是八九个月。但是，终于又像"凤凰涅槃"一般，活了下来。遗憾的是，燕园中许多美好的东西遭到了破坏。许多楼房外面墙上的"爬山虎"、那些有一二百年寿命的丁香花、在北京城颇有一点名气的西府海棠、繁荣茂盛了三四百年的藤萝，都坚决、彻底、干净、全部地被消灭了。为什么世间一些美好的花草树木也竟像人一样成了"反革命"，成了十恶不赦的罪犯呢？我百思不得其解。

我自己总算侥幸活下来了。但是，这一些为人们所深深喜爱的花草树木，却再也不能见到了。如果它们也有灵魂的话（我希望它们有！），这灵魂也决不会离开美丽的燕园。月白风清之夜，它们也会流连于未名湖畔湖光塔影中吧！如果它们能回忆的话，它们回忆的丝缕也会挂在未名湖上吧！可惜我不是活神仙，起死无方，回生乏术。它们消逝了，永远消逝了。这里用得上一句旧剧的戏词："要相会，除非是梦里团圆。"

到了今天，这场噩梦早已消逝得无影无踪。我又经历了一次魑魅现形、天日重明的局面。我上面说到，将近四十年来，我一直住在燕园中、未名湖畔，我那记忆的丝缕用不着再挂在未名湖上。然而，那些被铲除的可爱的花草时来入梦。我那些本来应该投闲置散的回忆的丝缕又派上了用场。它挂在苍翠繁茂的爬山虎上、芳香四溢的丁香花上、红绿皆肥的西府海棠上、葳蕤茂密的藤萝花上。这样一来，我就同那些离开母校的校友一样，也梦萦未名湖了。

尽管我们目前还有这样那样的困难，但是我们未来的道路将会越走越宽广。我们今天回忆过去，绝不仅仅是发思古之幽情。我们回忆过去是为了未来。愿普天之下的北大校友：国内的、海外的、男的、女的、老的、少的，什么时候也不要割断你们对母校的回忆的丝缕，愿你们永远梦萦未名湖，愿我们大家在十年以后都来庆祝母校百岁华诞。"但愿人长久，千里共婵娟！"

1988年1月3日

我和北大图书馆

我对北大图书馆有一种特殊的感情,这种感情潜伏在我的内心深处,从来没有明确地意识到过。最近图书馆的领导同志要我写一篇讲图书馆的文章,我连考虑都没有,立即一口答应。但我立刻感到有点吃惊。我现在事情还是非常多的,抽点时间,并非易事。为什么竟立即答应下来了呢?如果不是心中早就蕴藏着这样一种感情的话,能出现这种情况吗?

山有根,水有源,我这种感情的根源由来已久了。

1946年,我从欧洲回国。去国将近十一年,在落叶满长安(长安街也)的深秋季节回到了北平,在北大工作,内心感情的波动是难以形容的。既兴奋,又寂寞;既愉快,又惆怅。然而我立刻就到了一个可以安身立命的地方,这就是北大图书馆。当时我单身住在红楼,我的办公室(东语系办公室)是在灰楼。图书馆就介乎其中。承当时图书馆的领导特别垂青,在图书馆里给了我一间研究室，在楼下左侧。窗外是到灰楼去的必由之路。经常有人走过，不能说是很清静。但是在图书馆这一面，却是清静异常。我的研究室左右，也都是教授研究室，当然室各有主，但是颇少见人来。所以走廊里静如古寺，真是念书写作的好地方。我能在奔波数万里扰攘十几年，有时梦想得到一张一尺见方的书桌而渺不可得的情况下，居然有了一间窗明几净的研究室，简直如坐天堂，如享天福了。当时我真想咬一下自己的手，看一看自己是否是做梦。

研究室的真正要害还不在窗明几净——这也是必要的——有没有足够的书。在这一点上，我也得到了意外的满足。图书馆的领导允许我从书库里提一部分必要的书，放在我的研究室里，供随时查用。我当时是东语系的主任，虽然系非常小，没有多少学生，但

北大图书馆

是，麻雀虽小，五脏俱全，仍然有一些会要开，一些公要办，所以也并不太闲。可是我一有机会，就遁入我的研究室去，"躲进小楼成一统"，这地方是我的天下。我一进屋，就能进入角色，潜心默读，坐拥书城，其乐实在是不足为外人道也。我回国以后，由于资料缺乏，在国外时的研究工作无法进行，只能有多大碗，吃多少饭，找一些可以发挥自己的长处而又有利于国计民生的题目，来进行研究。北大图书馆藏书甲全国大学，我需要的资料基本上能找得到，因此还能够写出一些东西来。如果换一个地方，我必如车辙中的鲋鱼那样，什么书也看不到，什么文章也写不出，不但学业上不能进步，长此以往，必将索我于鲍鱼之肆了。

作为全国最高学府的北京大学，我们有悠久的爱国主义的革命历史传统，有实事求是的学术传统，这些都是难能可贵的。但是，我认为，一个第一流的大学，必须有第一流的设备、第一流的图书、第一流的教师、第一流的学者和第一流的管理。五个第一流，缺一不可。我们北大可以说是具备这五个第一流的。因此，我们有充分的基础，可以来弘扬祖国的优秀文化，为我国四化建设培养德才兼备的人才，对外为祖国争光，对内为人民立功，仰不愧于天，俯不怍于地，充满信心地走向光辉的未来。在这五个第一流中，第一流的图书更显得特别突出。北大图书馆是全国大学图书馆的翘楚。这是世人之公言，非我一个之私言。我们为此应该感到骄傲，感到幸福。

但是，我们全校师生员工却不能躺在这个骄傲上、这个幸福上睡大觉。我们必须努力学习、努力工作，像爱护自己的眼球一样，爱护北大，爱护北大的一草一木、一山一石，爱护我们的图书馆。我们图书馆的藏书盈架充栋，然而我们应该知道，一部一册来之不易，一页一张得之维艰。我们全体北大人必须十分珍惜爱护。这样，我们的图书馆才能有长久的生命，我们的骄傲与幸福才有坚实的基础。愿与全校同仁共勉之。

1991年11月6日

汉城[1]忆燕园

自己年事已高,最近几年,立下宏愿大誓:除非万分必要,不再出国。这个想法应该说是合情合理的,然而却难以贯彻。最近承蒙老友金俊烨博士推毂,韩国国际交流财团邀请,终于又一次来到了美丽的汉城,情不可却也,然而我却是高兴的。

距上次访问,时间已有四年。我虽年迈,尚未昏聩。上次访问的记忆,不用粉刷,依然如新,情景巨细,历历如在目前。韩国经济腾飞之迅猛,工业技术之先进,农村田畴之整齐,山川草木之葳蕤,在在给人留下深刻印象。仅以汉城而论,摩天高楼耸入蓝天,马路上车水马龙,日夜不息。深夜灯火光照夜空,简直能够同东京有名的银座相比。更令人难忘的是韩国人民之彬彬有礼,韩国友人之拳拳情深。总之,上一次的短暂访问是毕生难忘的。

可是为什么我这样一个喜欢舞笔弄墨的人竟一篇文章也没有

---

1 今韩国首都首尔。

写出来呢？对于这一点我自己都有点惊奇。然而理由是很明显的。我的情感越是激动，越是充沛，我越难以动笔，越是不想动笔。我想把这种感情蕴藏在自己腔子里，自己玩味，仿佛一动笔就亵渎了它，就泄露了天机。现在又来到了汉城，旧地重游，旧友重逢，又增添了新的朋友；而汉城本身也似乎更美丽了，更繁华了。我的感情仿佛也增加了新的激动。自己暗暗下定决心：这是泄露天机的时候了，文章非写不行了。然而实在真是大大地出我意料：我在构思时，眼前的汉城依然辉煌，我的心灵深处涌出来的却是怀乡思家之情，其势汹涌澎湃，不可抗御。身在汉城，心怀燕园。古人说：一日不见，如三秋兮。我离开燕园不过几天，却似乎是已有几年了。

季羡林先生在书房工作

我是在想家吗？绝不是的。实际上，我现在已经没有什么家。我一个人就是家。我一个人吃饱了，全家都不挨饿。我正像一个蜗牛，家就驮在自己背上，我走到哪里，家也就带到哪里。要说想家，只想一想自己就够了。

然而我确实还是想家。我现在觉得，全世界我最爱的国家是中国，在中国我最爱的城市是北京，在北京我最爱的地方是燕园，在燕园我最爱的地方是我的家。什么叫我的家呢？一座最平常不过的楼房的底层——两个单元，房屋六间，大厅两个，前临荷塘，左傍小山。我离开时，虽已深秋，塘中荷叶，依然浓绿，秋风乍起。与水中的倒影共同摇摆。塘畔垂柳，依然烟笼一里堤。小山上黄栌尚未变红，而丰华月季，却真名副其实，红艳怒放，胜于二月春花。刚离开几天，我用不着问："来日绮窗前，寒梅著花未？"可我现在却怀念这些山水花木。

我那六间房子，绝不豪华，也不宽敞。然而几乎每间都堆满了书，我坐拥书城，十分得意。然而也有烦恼。书已经多到无地可容，连阳台和对面房子里的厨房和大厅都已堆满，而且都达到了天花板。然而天天仍然是"不尽书潮滚滚来"。我现在怀念这些不会说话又似乎能对我说话的书。

同书比较起来，更与我亲如手足的是我那十几箱铁柜中收藏的我的手稿和我手抄的资料。由于我是个"杂家"，所以资料的范围极广，数量极大。六七十年来，我养成了"随便翻翻"（鲁迅语）的习惯，什么书到手，我先翻翻。只要与我的研究或兴趣有关的资料，我都随手抄下。手头有什么，就用什么抄。纸张大小不一，中外兼备。连信封、请柬和无用的来信的背面，都抄满了资料。积之既久，由几张而盈寸，由盈寸而盈尺，由盈尺而盈丈。我没有仔细量过，但盈丈绝非虚语。人们常说"著作等身"，我的所谓"著作"等多少，先不去说它，资料等身，甚至超过等身，却是确确实实的事实。多少年来，我天天泡在这些资料和手稿里。现在竟几天不见，我的资料和手稿如果有灵，也会感到惊诧的。我现在怀念我这些亲密的朋友资料和手稿。这些东西，在别人眼中，形同垃圾，在我眼中，却如同珍宝。倘若一不小心丢上一张半页，写文章时可能正是关键的资料。这些东西有时候是可遇而不可求的。它们身上凝结着我的心血，凝结着我兀兀穷年溽暑酷寒的心血。我现在深深地怀念这些资料和手稿。

上面说的都是些没有生命的山水花木和资料手稿。这些东西比较起来，更重要的当然还是人。近一年多以来，我陡然变成了"孤家寡人"。我这个老态龙钟的耄耋老人，虽然还并没有丧失照顾自己的能力，但是需要别人照顾的地方却比比皆是。属于我孙女一辈的小萧和小张，对我的起居生活，交际杂务，做了无微不至的充满了热情的工作，大大地减少了我的后顾之忧。我们晨夕相聚，感情融洽。在这里，我不想再用"宛如家人父子"一类现成的词句，那不符合我的实际。加劲的词儿我一时也想不出来，请大家自己去意会吧。除了她俩，还有天天帮我整理书籍的、比萧和张又年轻十多岁的方方和小李。我身处几万册书包围之中，睥睨一切，颇有王者气象。可我偏偏指挥无方，群书什么阵也排不出来。我要用哪一本，肯定找不到哪一本。"只在此室中，书深不知处。"等到不用时，这一本就在眼前。我极以为苦。我曾开玩笑似的说过："我简直想自杀！"然而来了救星。玉洁率领着方方和小李，杀入我的书阵中。她运筹帷幄，决胜斗室，指挥若定。伯仲伊吕，大将军八面威风，宛如风卷残云一般，几周之内，把我那些杂乱无章、不听调遣的书们，整治得规规矩矩，有条有理。虽然我对她们摆的书阵还有待于熟悉，可是，现在一走进书房，窗明几净，豁然开朗。我顾而乐之，怡然自得，不复再有"轻生"之念。我原来想：就让它乱几年吧。等到我的生命画句号的时候，自然就一了百了了，哪里会想到今天这个样子！此外，在我这种孤苦伶仃、举目无亲的生活环境中，向我伸出友谊之手的人还有很多很多。我的学生忠新夫妇、保胜、邦维夫妇，我的助手李铮夫妇，等等，等等。我心头常常涌出一句诗："此时无亲胜有亲。"可见我心情之一斑。现在虽然相距数千里，可他们的声音笑貌，宛在身边眼前。我现在真是深深怀念这一些可敬可爱的朋友们。当然我也怀念我眼前仅有的不在一起住的亲属颐华和孝廉。

我上面写了那么多怀念，但是，怀念还没有完。有一晚，我在汉城希尔顿饭店一间豪华的客厅里参加晚宴。对面大镜子里忽然有一团白光一闪。我猛一吃惊：难道我的小猫咪跟我来了吗？定一定神，才知道这是桌子上白色餐巾的影子。我的心迷离恍惚，一下子飞回了燕园。我现在家里有两只小猫，都是洁白如雪的波斯猫。小的一只，我颁赐嘉名曰"毛毛四世"，因为在它之前我已经丢了三只眼睛一黄一绿的波斯猫，它排行第四，故有"四世"之名。几世几世是秦始皇发明的。我以之为猫命名，似有亵渎之意，实则我是诚恳的，不过聊以逗乐子而已。祝愿始皇在天之灵原谅则个！这位四世降生才不过一百天，来自我的家乡。小小年纪，却极端调皮，简直是"无恶不作"，什么地方、什么时候不需要它，它就偏在那地方、那时候蹿出，搅得人心神不安，它自己却怡然自得。这且不去谈它。咪咪二世是老猫了。它陪伴我已经六七年了。它每天夜出昼归。我一般都是早晨4点起床，无间寒暑。咪咪脑袋里似乎有一个表，早晨4点前后，只要我屋子里的灯一亮，它就在窗外窗台上用前爪抓我的纱窗，窸窣作响，好像要告诉我："你该起床了！应该放我进去进早餐了！"我悚然而兴，飞快下床，开门一跺脚，声控的电灯一亮，只见一缕白烟从门外的黑暗中飞了进来，是咪咪二世，它先踩我的脚，蹭我的腿，好像对我道声"早安"，然后

季羡林先生和猫

飞身入室,等我给它安排早餐。六七年来,特别是最近一两年来,几乎天天如此。我对它情有独钟,它对我一往情深。在我精神最苦恼的时候,它给了我极大的安慰。"其中有真意",不足为外人道也。我曾写过几句俚辞:"夜阑人静,虚室凄清。万籁俱寂,独对孤灯。往事如潮,汹涌绕缭。伴我寥寥,唯有一猫。"可见我的心情之一斑。现在,我忽然离开了家。但是,我相信,咪咪仍然会每天凌晨卧在我窗外的窗台上,静静地等候室内的灯光。可是灯光却再也不亮。杜甫诗:"可怜小儿女,未解忆长安。"我现在改为:"可怜小猫咪,未解忆汉城。"我想,它必然是非常纳闷,非常寂寞,非常失望的。它必然会觉得,人世间非常奇怪:"我的主人怎么忽然不见了?"我现在真是怀念我的咪咪二世。

临别的前夕,我的老学生现任驻韩国大使的张庭延和夫人也是我的老学生的谭静,在富丽堂皇的大使馆中,设宴招待教委和北大领导以及我这位老师。不言自明,这是我到韩国以后最美最合口味的一顿饭。庭延拿出了茅台招待我们,并且强调说,这是绝对可靠的真正的茅台,是外交部派专人到贵州茅台酒厂去购买和护送回京的。这当然更大大地增加了我们的兴致。不知道怎样一来,话头一转就转到了花生米上。庭延说:他常常以花生米佐茅台。他还说:花生米以农贸市场老农炒的五香花生米为最佳。什么美国瓶装脱皮的花生米,绝不能与之相比,两者简直天渊之别。我初听时,大吃一惊,继之则以我心有戚戚焉。我自认是一个上不得台盘的人,虽留欧十年有余,足迹遍世界上三十几个国家,虽洋气日增,而土气未减。在德国二战时的饥饿地狱中，饱受磨难。夜间做梦，常常梦见祖国的食品。但我梦见的却都并不是什么燕窝、鱼翅、海参、鲍鱼等山珍海味，而是——花生米，正是庭延所说的那种最平常最一般的炒五香花生米。我回国以后，五十年来，每天的早餐就是烤馒头片就炒花生米，佐以一杯浓茶，天天如此，从无单调厌恶之感，而且味感还越来越好。我窃以为这是我个人的怪癖。不意今天竟在汉城找到了从未遇到的花生米知己，我漫卷衣袖喜欲狂，于是我们大侃花生米哲学。庭延和谭静拿出了从祖国带来的炒花生米，仅余小小一塑料袋。我们万般珍惜，只肯一粒一粒地慢慢地吃。此时连绝对真正的茅台都更增添了香味，简直可比王母娘娘的蟠桃、镇元仙人的人参果。我们大家食而乐之，侃兴倍增。这成为我毕生难忘的一夜。

我现在是在飞机上，正飞向北京。过不了多久，我就能再看到我那可爱的祖国，我那可爱的北京，我那可爱的燕园，我那些可爱的燕园中的山水草木，我那些可爱的书籍和手稿，我那些可爱的友人，最后还有我那可爱的两只波斯猫。汉城离开我越来越远，而我在汉城时怀念的上面说的这些东西和人，却越来越近了。我的心绪不知怎样一来陡然一转，我的怀念一下子转回到了汉城上，转回到在韩国的那些朋友身上，特别转回到了庭延和谭静身上。我的心仿佛已经留于汉城。"何当共剪西窗烛，却话汉城夜宴时。"这是我走下飞机时心里涌出来的胡编剽窃的两句诗。

1995年10月10日草于飞机上
同月24日改毕于燕园

我看北大

也许是出于一种偶合,北大几乎与20世纪同寿。在过去一百年中,时间斗换星移,世事沧海桑田,在中国产生了天翻地覆的变化,而北大在人事和制度方面也随顺时势,不得不变。然而,我认为,其中却有不变者在,即北大对中国文化所必须担负的责任。

古人常说,某某人"一身系天下安危"。陈寅恪先生《挽王静安先生》诗中有一句话:"文化神州表一身。"而我却想说:北大一校系中国文化的安危与断续。我并不是否认其他大学也同样对中国文化的传承起了作用;但是其间有历史长短的问题,有作用断续的问题,与夫所处地位不同的问题。这些都是活生生的事实,想能获得广大教育界同仁的共识,并非我一个人老王卖瓜,信口开河。

我所谓"文化"是最广义的文化,精神和物质两个方面都包括在里面。但是狭义的文化,据一般人的理解,则往往只限于与中文、历史、哲学三个系所涵盖的范围有关的东西。而在北大过去一百年的历史上，这三个系，尽管名称有过改变，却始终是北大的重点。从第一任校长严复开始，中经蔡元培、胡适、傅斯年（代校长）、汤用彤（校委会主席）等等，都与这三个系有关。至于在过去一百年中，这三个系的教授，得大名有大影响的人物，灿如列星，不可胜数。五四运动时期是一个高潮，这个运动在中国文化学术界、思想界，甚至政界所起的影响，深远广被，是无论怎样评价也不为高的。如果没有五四运动，我们真不能想象今天中国的文化和教育会是一个什么样子。

中华民族是一个伟大的民族。我们有5000多年的历史文化传统，而又从没有中断过，这在世界上是独一无二的。我们又是一个毫不吝啬的民族，我们的四大或者更多的大发明，传出了中国，传遍了世界，促进了人类社会的进步，推动了人类文化的发展，为全球人民谋了极大的福利，功不可没。

可惜的是，自从西方工业革命开始时起，欧风东渐，我们中国逐渐沦为半封建半殖民地社会，昔日雄风，悄然匿迹，说实话，说是"可惜"，是我措辞不当。我在最近几年曾反复强调"三十年河东，三十年河西"之说。激烈反对者有之，衷心赞同者亦有之。我则深信不疑。欧洲东渐，东西盛衰易位，正是符合这个规律的，用不着什么"可惜"。

到了现在，"天之骄子"西方人所创造的文化，其弊端已日益显露。现在全世界的人民和政府都狂呼要"保护环境"，试问环境之所以需要保护，其罪魁祸首是什么人呢？难道还不是西方处理人与大自然的关系不当，视大自然为要"征服"的敌人这种想法和做法在作祟吗？

我们绝不想否定西方近几百年来对人类生活福利所做的贡献，那样做是不对的。但我们也绝不能对西方文化所造成的弊端视而不见。"西方不亮东方亮"，连西方的有识人士也已觉悟到，西方文化已陷入困境，唯一的挽救办法就是乞灵于东方，英国大历史学家汤因比就是其中一人。

我们东方，首先是中国，在处理人与大自然的关系方面，是比较聪明的。至少在理论上是这样，在行动上我们同西方差别不大。我们有一种"天人合一"的理想，自先秦起就有，而且不限于一家，其后绵延未断。宋朝大哲学家张载有两句话，说得最扼要，最准确："民，吾同胞；物，吾与也。""与"的意思是伙伴，"物"包括动物和植物。我们的生活来源都取之于大自然，而我们不把大自然看作敌人，而看作朋友。将来全世界的人都必须这样做，然后西方文化所产生的那些弊端才能逐渐克服。否则，说一句危言耸听的话，我们人类前途将出现大灾难，甚至于无法生存下去。

前几年，我们中国学术界提出了一个口号：弘扬中华民族优秀文化。这口号提得正确，提得及时，立即得到了全国的响应。所谓"弘扬"，我觉得，有两方面的意义：一个是在国内弘扬，一个是向国外弘扬。二者不能偏废。在国内弘扬，其意义之重要尽人皆知。我们常讲"有中国特色的"，这"特色"无法表现在科技上。

即使我们的科技占世界首位，同其他国家相比，也只能是量的差别，无所谓"特色"。"特色"只能表现在文化上。这个浅近的道理，一想就能明白。在文化方面，我们中华民族除了上面所说的"天人合一"的思想以外，几乎是处处有特色。我们的语言，我们的书法，我们的绘画，我们的音乐，我们的饮食，我们的社会风习，我们的文学创作，等等，等等，哪个地方没有特色呢？这个道理也是极浅的，一看就能明白。这些都属于广义的文化，对内我们要弘扬的。

除了对国内弘扬，我们还有对国外弘扬的责任和义务。我在上面已经谈到，在文化的给予方面，我们中华民族从来是不吝惜的。现在国外那一些懵懵懂懂的"天之骄子"们，还在自我欣赏。我们过去曾实行鲁迅所说的"拿来主义"，拿来了许多外国的好东西，今后我们还将要继续去拿。但是，为了世界人类的幸福和前途，不管这些"天之骄子"们愿意不愿意来拿我们中国的好东西，我们都要想方设法实行"送去主义"，我们要"送货上门"。我相信，有朝一日他们会觉悟过来而由衷地感谢我们的。

写到这里，我们再回头看我在本文一开头就提到的北大与中国文化的关系，以及北大对中国文化所负的责任。如果我说"文化神州系一校"，这似乎有点夸大。其他大学也在不同程度上有这种责任。但是其中最突出者仍然是非北大莫属。如果连这一点都不承认，那不是实事求是的态度。北大上承几千年来太学与国子监的衣钵，师生"以天下为己任"，在文化和政治方面一向敢于冲锋陷阵。这一点恐怕是大家不得不承认的。今天，在对内弘扬和对外弘扬方面，责任落在所有大学的人文社会科学学术教育机构以及教员和学生的肩上，北大以其过去的传统，更应当是当仁不让，首当其冲，勇往直前，义无返顾。

专就北大本身来讲，中文、历史、哲学三系更是任重道远，责无旁贷。我希望而且也相信，这三个系的师生能意识到自己肩头上的重担。陈寅恪先生的诗曰"吾侪所学关天意"，可以移来相赠。我希望国家教委和北大党政领导在待遇方面多向这三个系倾斜一些，平均主义不是办学的最好方针。我的意思并不是说，在北大只有这三个系有责任，其他各系都可以袖手旁观。否，否，我绝无此意。弘扬、传承文化是大家共有的责任。而且学科与学科间的界限越来越变得不泾渭分明，你中有我，我中有你，这现象越来越明显。其他文科各系，甚至理科各系，都是有责任的。其他各大学以及科学研究机构，也都是有责任的。唯愿我们能众志成城，共襄盛举，振文化之天声，播福祉于寰宇，跂予望之矣。

1997年12月12日

我和北大

北大创建于1898年,到明年整整一百年了,称之为"与世纪同龄",是当之无愧的。我生于1911年,小北大十三岁,到明年也达到八十七岁高龄,称我为"世纪老人",虽不中不远矣。说到我和北大的关系,在我活在世界上的八十七年中,竟有五十一年是在北大度过的,称我为"老北大"是再恰当不过的。由于自然规律的作用,在现在的北大中,像我这样的"老北大",已寥若晨星了。

在北大五十余年中,我走过的并不是一条阳关大道。有光风霁月,也有阴霾蔽天;有"山重水复疑无路",也有"柳暗花明又一村",而后者远远超过前者。这多一半是人为地造成的,并不能怨天尤人。在这里,我同普天下的老百姓,特别是其中的知识分子,是同呼吸、共命运的,大家彼此彼此,我并没有多少怨气,也不应该有怨气。不管怎样,不知道有什么无形的力量,把我同北大紧紧缚在一起,不管我在北大经历过多少艰难困苦,甚至一度走到死亡

2001年春节季羡林先生在朗润园家中

的边缘上,我仍然认为我这一生是幸福的。一个人只有一次生命,我不相信什么轮回转生。在我这仅有的可贵的一生中,从"春风得意马蹄疾"的少不更事的青年,一直到"高堂明镜悲白发"的耄耋之年,我从未离开过北大。追忆我的一生,怡悦之感,油然而生,"虽九死其犹未悔"。

有人会问:"你为什么会有这样的感觉呢?"这个问题是我必须答复的。

记得前几年,北大曾召开过几次座谈会,探讨的问题是:北大的传统究竟是什么？参加者很踊跃，发言也颇热烈。大家的意见不尽一致，这是很自然的现象。我个人始终认为，北大的优良传统是根深蒂固的爱国主义。有人主张，北大的优良传统是革命。其实真正的革命还不是为了爱国？不爱国，革命干吗呢？历史上那种"你方唱罢我登场"的"以暴易暴"的改朝换代，应该排除在"革命"之外。

讲到爱国主义，我想多说上几句。现在有人一看到"爱国主义"，就认为是好事，一律予以肯定。其实，倘若仔细分析起来，世上有两类性质截然不同的爱国主义。被压迫、被迫害、被屠杀的国家或人民的爱国主义是正义的爱国主义，而压迫人、迫害人、屠杀人的国家或人民的"爱国主义"则是邪恶的"爱国主义"，其实质是"害国主义"。远的例子不用举了，只举现代的德国的法西斯和日本的军国主义侵略者，就足够了。当年他们把"爱国主义"喊得震天价响，这不是"害国主义"又是什么呢？

而中国从历史一直到现在的爱国主义则无疑是正义的爱国主义。我们虽是泱泱大国，那些皇帝们也曾以"天子"自命而沾沾自喜。实际上从先秦时代起，中国的"边患"就连绵未断。一直到今天，我们也不能说，我们毫无"边患"了，可以高枕无忧了。我们绝不能说，中国在历史上没有侵略过别的国家或民族。但是历史事实是，绝大多数时间，我们是处在被侵略的状态中。我们有多少"真龙天子"被围困，甚至被俘虏；我们有多少人民被屠杀，都有史迹可考。在这样的情况下，我们中国在历史上出的伟大的爱国者之多，为世界上任何国家所不及。汉代的苏武，宋代的岳飞和文天祥，明代的戚继光，清代的林则徐，等等，至今仍为全国人民所崇拜。至于戴有"爱国诗人"桂冠的则更不计其数。难道说中国人的诞生基因中就含有爱国基因吗？那样说是形而上学，是绝对荒唐的。唯物主义者主张存在决定意识。我们祖国几千年的历史这个存在，决定了我们的爱国主义。

现在在少数学者中有一种议论说，在中国历史上只有内战，没有外敌侵入，日本、英国等的"八国联军"是例外。而当年的匈奴、突厥、辽、金、蒙、满等族的行动，只是内战，因为这些民族今天都已纳入中华民族大家庭中了。这种说法，我实在不敢苟同。这是把古代史现代化，没有正视当时的历史事实。而且事实上那些民族也并没有都纳入中华民族的大家庭中，一个显著的例子就摆在眼前：蒙古人民共和国赫然存在，你怎么解释呢？如果这种论调被认为是正确的话，中国历史上就根本没有爱国者，只有内战牺牲者。西湖的岳庙，遍布全国许多城市的文丞相祠，为了"民族团结"都应当立即拆掉。这岂不是天下最荒唐的事情！连汉族以外的一些人也不会同意的。我认为，我们今天全国五十六个民族确实团结成了一个中华民族的大家庭，这是空前未有的，这应该归功于中国共产党，归功于我们全体人民。为了建设我们的伟大祖国，我们全国各族人民，都应当像爱护自己的眼球一样，维护我们的安定，维护我们的团结，任何分裂的行动都将冒天下之大不韪。我们都应该向前看，不应当向后看，不应当再抓住历史上的老账不放。

这话说得有点远了，但是，既要讲爱国主义，这些问题都必须弄清楚的。

现在回过头来再谈北大与爱国主义。在古代，几乎在所有的国家中，传承文化的责任都落在知识分子肩上。不管工农的贡献多么大，但是传承文化却不是他们所能为。如果硬要这样说，那不是实事求是的态度。传承文化的人的身份和称呼，因国而异。在欧洲中世纪，传承者多半是身着黑色长袍的神父，传承的地方是在教堂中。后来大学兴起，才接过了一些传承的责任。在印度古代，文化传承者是婆罗门，他们高居四姓之首。东方一些佛教国家，古代文化的传承者是穿披黄色袈裟的佛教僧侣，传承地点是在寺庙里。中国古代文化的传承者是"士"。士、农、工、商是社会上主要阶层，而士则同印度的婆罗门一样高居首位，传承的地方是太学、国子监和官办以及私人创办的书院。婆罗门和士的地位，都是他们自定的。这是不是有点过于狂妄自大呢？可能有的。但是，我认为，并不全是这样，而是由客观形势所决定的，不这样也是不行的。

婆罗门、神父、士等等都是知识分子，他们的本钱就是知识，而文化与知识又是分不开的。在世界各国文化传承者中，中国的士有其鲜明的特点。早在先秦，《论语》中就说过："士不可以不弘毅，任重而道远。"士们俨然以天下为己任，天下安危系于一身。在几千年的历史上，中国知识分子的这个传统一直没变，后来发展成"天下兴亡，匹夫有责"。后来又继续发展，一直到了现代，始终未变。

不管历代注疏家怎样解释"弘毅",怎样解释"任重道远",我个人认为,中国知识分子所传承的文化中,其精髓有两个鲜明的特点,一个是我在上面详细论证的爱国主义,一个就是讲骨气,讲气节,换句话说也就是在帝王将相的非正义的行为面前不低头;另一方面,在外敌的斧钺前面不低头,"威武不能屈"。苏武和文天祥等等一大批优秀人物就是例证。这样一来,这两个特点实又有非常密切的联系了,其关键还是爱国主义。

如果我们改一个计算办法的话,那么,北大的历史就不是一百年,而是几千年。因为,北大最初的名称是京师大学堂,而京师大学堂的前身则是国子监。国子监是旧时代中国的最高学府,已有一千多年的历史,其前身又是太学,则历史更长了。从最古的太学起,中经国子监,一直到近代的大学,学生都有以天下为己任的抱负,这也是存在决定意识这个规律造成的。与其他国家的大学不太一样,在中国这样的大学中,首当其冲的是北京大学。在近代史上,历次反抗邪恶势力的运动,几乎都是从北大开始。这是历史事实,谁也否认不掉的。五四运动是其中最著名的一次。虽然名义上是提倡科学与民主,骨子里仍然是一场爱国运动。提倡科学与民主只能是手段,其目的仍然是振兴中华,这不是爱国运动又是什么呢?

我在北大这样一所肩负着传承中华民族的优秀文化的、背后有悠久的爱国主义传统的学府,真正是如鱼得水,认为这才真正是我安身立命之地。我曾在一篇文章中写过,我身上的优点不多,唯爱国不敢后人。即使我将来变成了灰，我的每一灰粒也都会是爱国的。这是我的肺腑之言。以我这样一个怀有深沉的爱国思想的人，竟能在有悠久爱国主义传统的北大几乎度过了我的一生，我除了有幸福之感外，还有什么呢？还能何所求呢？

1997年12月13日

怀千岁之幽情，忆百年之辉煌[1]

了解北大情况的人都会知道，郝平同志是北大教职员中最忙碌的人物之一。北大在中国以及世界上享有特殊的地位与威望。许多国家的著名学府和科研机构，都同北大建立了名目不同的合作和交流关系。外国的国家元首或政府首脑以及各种不同学科的权威学者，都以能够到北大来参观访问，特别是发表演讲为毕生光荣，大有"不到北大非好汉"之概。至于其他形形色色的访问者更是络绎不绝。在党委和校长领导之下，承担种种接待任务的首当其冲的就是北大国际交流与合作处，而郝平正是该处的负责人。据我个人的经验和观察，这个处的日历同其他各处都不一样，他们没有双休日、节假日以及什么寒假暑假，终日忙忙叨叨，送往迎来，宛如燕园的一盏走马灯，旋转不停。一群男女青年就是这一盏走马灯上的

1　本文为季羡林先生为《北京大学创办史实考源》所作的序言，标题为编者所加。

人物，居其中而众星拱之的就是郝平。

我可真是万万没有想到，就是这样一位忙碌的郝平同志忽然有一天送给我一大摞稿子，内容是讲北大开创时期的校史的。写校史，不是写小说、写诗歌，只要有灵感就行，这里需要的不是灵感，而是勤奋。需要辛辛苦苦，爬罗剔抉，用竭泽而渔的精神，搜集资料。郝平告诉我，他在国外留学时就开始了资料的搜集。回国以后，成为走马灯的主要人物以后，又锲而不舍，继续搜罗，常常用别人午休的时间，来从事此项工作。夜里则利用睡眠的时间，开电灯以继晷，恒兀兀以穷年，一直到累得病倒，进医院动手术，而其志弥坚，终于写成了此书的初稿。

谁听了这样的故事，能不肃然起敬呢？

说句老实话，我真正受到了感动。现在北大的青年教员中，能拼命向学的，确有人在。但是，身为教员而不读书者或者读书劲头不够，心有旁骛者，也决不乏人。现在有了郝平这一面镜子，摆在自己眼前，何去何从，每个人都会做出自己的抉择，也必须做出自己的抉择。这是我的信念，也是我的希望。

这话说得远了一点，还是回过头来，谈一谈郝平的《校史》，因为讲的是北大创办时期的历史，我为此书定名为《北京大学创办史实考源》，得到了他的首肯。根据郝平自己对本书的介绍，我们可以了解本书的主要论点。为了叙述准确起见，我还是先做一个文抄公，抄一段郝平自己的话："（京师）大学堂的创办不仅仅是戊戌变法的产物，其根本原因应当追溯到1840年的中英鸦片战争。清王朝的失败引起仁人志士如林则徐、魏源和龚自珍等人的思考，并在全国掀起了一场维新思潮和洋务运动。同文馆就是这个时期的产物。北洋海军在中日甲午海战中全军覆没，激起了康梁等进步力量要求政治改革的强烈呼声。京师大学堂既是这场改革的产物，又是自鸦片战争50年来，人们不断探求救亡之路的最高要求。这是一个不可分割的历史过程。"郝平这个简短扼要的论述，其基础和根据就是大量的确凿可靠的原始档案资料。这些资料都写在本书中，用不着我来重复叙述。

郝平对资料的搜集付出了极大的劳动，他搜集得颇为齐全，分析得又极为细致。分析中时有新意，真令人想浮一大白。这些资料都是别人不甚注意的，更谈不到使用。郝平这样做的目的是追溯北京大学创办的起源问题，是研究北京大学校史必不可少的第一步。他发前人未发之覆，提出了自己的看法，也就是"从京师同文馆到京师大学堂"。他能自圆其说，他的这个看法是能够站得住脚的。

但是，据我个人的看法，这只能是北京大学创办起源的说法之一，不是唯一的一个。而且我们还不要忘记，不是先裁撤了同文馆然后创办京师大学堂，而是在京师大学堂创办以后才裁撤了同文馆，并入京师大学堂中的。同文馆是清政府为了办理洋务必须同洋人打交道，而打交道首先必须有懂外文的翻译人才，而建立的一所培养翻译的一种特殊的学堂，以后才逐渐增设了一些洋文之外的课程。同文馆隶属于总理各国事务衙门，可见其作用之所在。要勉强找一个来源的话，明代的四夷馆庶几近之。解放后原隶属外交部的北京外国语学院也颇有类似之处。

我个人没有下过功夫研究北大的校史。可是我多少年以来就有一个想法，这个想法我曾在许多座谈会上讲到过，也曾对许多人讲到过。曾得到许多人的同意，至少还没有碰到反对者。最近在《北京大学校刊》1997年12月15日一期上，读到萧超然教授答学生问，才知道，冯友兰先生也有这个意见，而且还写过文章，他的文章我没有读过，也没有听他亲口谈过。郝平书中讲到，北大前校长胡适之先生也有过完全一样的说法。我现在斗胆说一句妄自尊大的话，这可以算是"英雄所见略同"吧。

究竟是什么意见呢？就是：北大的校史应当上溯到汉朝的太学。中国在世界民族之林中是一个很奇特的国家。第一，中国尊重历史，寰宇国家无出其右者。第二，中国尊重教育。几千年来办教育一向是两条腿走路：官办和民办，民办的可以以各种名目的书院为代表。当然也有官办的书院，那就属于另一条腿。在办教育方面，多数朝代都有中央、省、府、县——必须说明一句：这三级随朝代的不同而名称各异——几个等级的学校。中国历代都有一个"全国最高学府"的概念，它既是教育人才的机构，又是管理教育行政的机构。这个"最高学府"名称也不一样。统而言之，共有两个：太学和国子监。虽然说，东汉光武帝建武五年（29年）始设太学，但是"太学"之名，先秦已有。我在这里不是专门研究太学的历史，详情就先不去讲它了。晋武帝咸宁二年（276年）始设国子学，北齐改为国子寺，隋又改为国子学。隋炀帝改为国子监。唐代因之，一直到清末，其名未变。

物换星移，沧海桑田，在过去将近两千年的历史上，改朝换代之事，多次发生。要说太学和国子监一直办下去，一天也没有间断过，那是根本不能够想象的。在兵荒马乱，皇帝和老百姓都处于涂炭之中的情况下，教育机构焉能不中断呢？但是，最令我们惊异的是，这种中断只是暂时的，新政权一旦建立，他们立即想到太学或国子监。因此，我们可以实事求是地说，在将近两千年悠长的历史上，太学和国子监这个传统——我姑名之曰学统——可以说是基本上没有断过。不管最高统治者是汉人，还是非汉人，头脑里都有教育这个概念，都有太学或国子监这个全国最高学府的概念，连慈禧和光绪皇帝都不例外。中国的学统从太学起，中经国子监，一直到京师大学堂，最后转为北京大学，可以说是一脉相承，没有中断。这在世界教育史上是绝无仅有的，是我们中华民族的骄傲。以上说的可以算是冯友兰先生、胡适之先生和我自己的"理论"或说法的依据和基础。我们在这里并没有强词夺理，也没有歪曲史实。研究学问，探讨真理，唯一的准则就是实事求是，唯真是务。我抱的正是这样的态度。我绝无意为北大争正统，争最高学府的荣衔。一个大学办得好坏，绝不决定于它的历史的长短。历史久的大学不一定办得好，历史短的大学不一定办得不好。无数事实俱在，不容争辩。但是，我也算是一个从事科学研究工作的人，事实如此，我不得不如此说尔。

按照目前流行的计算法，今年是北京大学的百年校庆。这在北大无疑是一件大事。在全中国，无疑也是一件大事。在这样吉祥喜庆的日子里，郝平同志把他这一部心血凝成的《北京大学创办史实考源》拿出来献给学校，献给全校的师生员工，献给遍布在全世界各地的在不同的工作岗位做出了不同程度贡献的北大校友们，真可以说是锦上添花之举。我相信，这一部书一定会受到大家的热烈欢迎。

我在这里还想加上一段绝非"多余的话"。我在很多地方都说过：中国知识分子是世界上最好的知识分子，他们最突出的特点就是爱国主义。例子不用到远处去找，在我上面讲到的"学统"中，在北大遥远的"前身"中就有。东汉太学生反对腐朽的统治，史有明文，绝非臆造。这个传统一直传了下来，到了明末就形成了顾炎武在《日知录》中所说的："保天下者，匹夫之贱，与有责焉耳矣。"后来演变成"天下兴亡，匹夫有责"。北京大学创办以后，一百年来，每到中国在政治上和文化上的关键时刻，北大师生，以及其他大学的师生，就都挺身而出，挽救危亡。五四运动就是最好的证明。一直到中华人民共和国建国以后——这一段历史占了北大百年历史的一半——北大师生爱国之心未曾稍减，此事可质诸天日，无待赘述。

现在距北大百年校庆只有四个月的时间了。据说今年从全国各地以及全世界各地回母校参加校庆的校友，数量将是空前的。这种爱校之心与爱国之心，完完全全是一致的，完完全全是相应的。这种心情与中国两千年来的知识分子——中国古代的士——的爱国主义传统是完完全全贯通的。它预示着我们伟大祖国未来的辉煌。现在有两本书摆在全校师生、全体校友、全国和全世界关心北大的朋友们的面前：一部是郝平的《北京大学创办史实考源》，一部是萧超然教授的《巍巍上庠，百年星辰》。前者告诉我们创业维艰，后者告诉我们照亮北大百年漫长道路上的星光。无前者则不会有后者，而无后者则前者也是徒劳无功的。两部书相辅相成，形成了一个整体，为我校校庆增添了无量欢悦，为想了解北大的人提供了确实可靠的知识，真可以说是功德无量。

再过两年，一个新的世纪和千纪就将降临人间。我相信，我们北大全校同仁和同学，受到这一次校庆的鼓舞和激励，怀千岁之幽情，忆百年之辉煌，更会下定决心，乘长风，破万里浪，前进，前进，再前进。为我们伟大祖国再立新功。

1998年1月2日

梦萦红楼

沙滩的红楼时来入梦，我同它有一段颇不寻常的因缘。

1946年深秋，我从上海乘船到了秦皇岛，又从那里乘火车到了北京，当时叫作北平。为什么绕这样大的弯子呢？当时全国正处在第二次革命战争中，津浦铁路中断，从上海或南京到北京，除了航空以外，只能走上面说的这一条路。

我们从前门外的旧车站下车。时已黄昏，街灯惨黄，落叶满街。我这个从远方归来的游子，心中又欢悦，又惆怅，一时说不清是什么滋味，忽然吟出了两句诗："秋风吹古殿，落叶满长安（长安街也）。"迎接我们的人，就先把我们安置在沙滩红楼。

提起红楼，真是大大的有名，这里是五四运动的发源地。遥忆当年全盛时期，中国近代学术史和文学史上的许多显赫人物，都曾在这里上过课。而今却是人去楼空。五层大楼，百多间房子，漆黑一片，只有我们新住进去的这几间房子给红楼带来了一点光明。日寇占领期间,这里是他们的一个什么司令部,地下室就是日寇刑讯甚至杀害中国人民的地方。现在日寇虽已垮台,逃回本国,传说地下室里时闻鬼哭声。我虽不信什么鬼神,但是,如今处在这样昏黄惨淡凄凉荒漠的气氛中,不由得不毛骨悚然,似见凄迷的鬼影。

但是,我们真正怕的不是鬼,而是人。当时中国革命形势正处在转折关头。北京市民传说,在北京有两个解放区:一在北大民主广场,一在清华园。红楼正是民主广场的屏障,学生游行示威,都从这里出发,积久遂成为国民党市党部、军统北京站,还有什么宪兵团之类组织的眼中钉,他们经常从天桥一带收买一批地痞、流氓、无赖、混混,手持木棒,来红楼挑衅、捣乱、见人便打。我常从红楼上看到这一批雇来的打手,横七竖八地躺在原有的那一条臭水沟边,待命出击。我们住在楼上的人,白天日子还好过一点。我们最怕晚上。这一批暴徒,在光天化日之下,还敢手挥木棒,行凶肆虐,到了晚上,不更会肆无忌惮为所欲为吗?有一段时间,楼上住的不多的人,天天晚上把楼内东头和西头的楼梯道用椅子堵塞,只留中间的楼梯,供我们上下之用,夜里轮流把守这楼道,在椅子群中,大有"一夫当关,万夫莫开"之势。但是,暴徒们终究没有进入红楼。当时传说,这应该归功于胡适校长,他同北平的国民党的最高头子约定:不许暴徒进北大。

这一段镇守红楼的壮举,到了今天,已经过去了半个多世纪。但是仍常有"红楼梦"。我逐渐悟出一个道理:凡是反动的政权，比如张作霖、段祺瑞、国民党等等，无不视北大如眼中钉、肉中刺。这是北大的光荣，这是北大的骄傲，很值得大书特书的。

1998年3月4日

巍巍上庠，百年星辰[1]

计算北大的历史，我认为，可以采用两种计算法：一个是从古代的太学算起，到了隋代，改称国子监，一直到清末，此名未变，而且代代沿袭。这实际上就是当时的最高学府。而北大所传的正是国子监的衣钵。这样计算，一不牵强，二不附会，毫无倚老卖老之意，而只有实事求是之心。既合情，又合理。倘若采用它，是完全能够讲得通的。

但是，当前流行的而且实行的计算方法，是从以国子监为前身的京师大学堂算起。我不说这种计算方法不合情，不合理，不实事求是，而且既然大家都已承认，约定俗成，"吾从众"，我也同意这种计算方法，确定北大创办于1898年，至今正值一百年，决定庆祝百岁华诞。

---

[1] 本文为季羡林先生为《巍巍上庠 百年星辰——名人与北大》所作的序言，标题为编者所加。

同世界上许多国家的许多一流大学比较起来，有一百年的历史，只能算是一个小弟弟。即使在中国，北大也绝不是老大哥。但是，大学不是人参，不是陈酿，越老越好。大学之所以能够好，能够扬名天下，有另外的原因或者因素，这种因素绝不是一年两年就可以形成的，而是有一个长期的历史积累过程。一百年在人类历史上只是一个极短的时间，但是，对一个大学来说，也不算太短，积累因素，从而形成特点或者特性，已经足够用了。

从1898年至1998年这一百年，在中国全部历史上只占极小的比例，但是，在这一百年内所发生的事情之多、之复杂，社会变动之剧烈，绝不是过去任何一百年所能够比的。只举事件之荦荦大者，就有辛亥革命，推翻帝制；有袁世凯表演的悲喜剧洪宪称帝；有对中国现当代有深远影响的五四运动；有令人民涂炭的军阀混战；有国民党统治；有日本军国主义者的入侵；有声势浩大的解放战争；有中华人民共和国的建立；有1957年的"反右"；有"大跃进"；有随之而来的三年灾害——姑且不讲是"自然的"，还是"人为的"；有1966年爆发的所谓"无产阶级文化大革命"，实际上是空前浩劫；有1978年开始的改革开放，等等，等等。这一百年的后一半，大学几乎全是在会议和"运动"中度过的。

所有这一些历史事件，北大都经历过，中国历史稍长的大学也都经历过。"家家有一本难念的经"，我们的经历大同而小异。"大同"指共性，"小异"指个性。超出共性与个性之上的事实是：在众多的大学中，北大占据着一个特殊的地位，北大是中国大学的排头兵,是它们的代表。这是国际和国内所共同承认的,绝不是北大人的妄自尊大,而是既成的事实。一个唯物者绝不能绝不应视而不见。所以,谈一谈北大的共性,特别是它的特性,就有超出北大范围的普遍的意义。

在讨论共性和特性之前,我想先谈一谈我对大学构成因素的意见。我认为,每一个大学都有四种构成因素或组成部分:第一个是教师,第二个是图书设备(包括图书馆和实验室),第三个是行政管理,第四个是学生素质。前三个是比较固定的,最后一个是流动的。

我之所以把教师列为第一位,是有用意的,也是有根据的。根据中外各著名大学的经验,一所大学或其中某一个系,倘若有一个在全国或全世界都著名的大学者,则这一所大学或者这一个系就成为全国或全世界的重点和"圣地"。全国和全世界学者都以与之有联系为光荣。问学者趋之若鹜,一时门庭鼎盛,车马盈门。倘若这一个学者去世或去职,而又没有找到地位相同的继任人,则这所大学或这个系身价立即下跌,几乎门可罗雀了。这是一个众所周知的事实,是无法否认掉的。十年浩劫前,一位文教界的领导人说过一句话:"大学者,有大师之谓也。"在浩劫中受到严厉批判,在当时"黄钟毁弃,瓦釜雷鸣"的环境下,这是并不奇怪的。但印度古语说:"真理毕竟会胜利的(Saytam eva jayate)。"这一个朴素的真理也胜利了,大学的台柱毕竟是教师,特别是名教师、名人。其他三个因素,特别是学生这个因素，也都是重要的，用不着详细论述。

作为中国众大学的排头兵的北京大学，在一百年以来，其教师的情况怎样呢？大学生情况又是怎样呢？在过去正如我在上面讲到的那样十分错综复杂的大环境中，北大的师生，在所有掊击邪恶、伸张正义的运动中，无不站在最前列，发出第一声反抗的狮子吼，震动了全国，震动了全世界，为中华民族的前进，为世界人民的前进，开辟了道路，指明了方向。北大师生中，不知出现了多少烈士，不知出现了多少可以被鲁迅称为"脊梁"的杰出人物。这有史可查，有案可稽，绝非北大人的"一家之言"。中国人民实在应该为有北大这样的学府而感到极大的骄傲。

几年以前，北大的有关单位曾举行过多次座谈会，讨论什么是北大的优良传统这个问题。同对世界上其他事情一样，对这个问题也有种种不同的意见。我对这个也曾仔细思考过，我有我自己的看法。

我认为，讨论北大的优良传统，离不开中国知识分子的优良传统，因为北大的教师和学生都是知识分子。几千年以来，知识分子——也就相当于古代的"士"——一经出现，立即把传承中华文化的重任压在自己肩上。不管知识分子有多少缺点，他们有这个传承的责任，这个事实是谁也否定不掉的。世界各国都有知识分子，既然同称知识分子，当然有其共性。但是，存在决定意识，中国独特的历史环境和地理环境，决定了中国知识分子根深蒂固的爱国主义思想。这个事实也是无法否定的。

专就北大而论，在过去的一百年内，所有的掊击邪恶、伸张正义的大举动，北大总是站在前排。这就是最具体不过的，最明显不过的爱国主义思想的表现，连一般人认为是启蒙运动的五四运动，据我看，归根结底仍然是一场爱国主义运动。引进"德先生"和"赛先生"只是手段，而不是目的，其目的仍在振兴中华，爱我国家。其他众多的运动，无不可以作如是观。

同爱国主义有区别但又有某一些联系的，是古代常讲的"气节"，用通俗的话来说，就是"硬骨头"，刚正不阿，疾恶如仇，也就是孟子所说的："富贵不能淫，贫贱不能移，威武不能屈。"我曾在别的文章中举过祢衡和章太炎的例子，现代的闻一多等是更具体更鲜明的例子。

如果想再列举北大的优良传统，当然还能够举出一些条来，比如兼容并包的精神，治学谨严的学风，等等。但是，我觉得，提纲挈领，以上两条也就够了，再举多了反而会主次不分，头绪紊乱，不能给人留下鲜明深刻的印象。

我把爱国主义和硬骨头的气节列为北大的优良传统，绝不是想说，别的大学不讲爱国主义，不讲刚正不阿的骨气。否，否，绝不是这样。同在一个中国，同样经历了一百年，别的大学有这样的传统，也并不稀奇，这是个共性问题，北大绝不能独占，也绝不想独占。但是，我现在讲的是北大，是讲个性问题。而北大在这方面确又表现很突出，很鲜明，很淋漓尽致，所以我只能这样讲。

我讲北大的青老知识分子，也就是教师和学生，有这样的优良传统，绝不是想说，社会上其他阶级或社会群体，比如工、农、商等等，不讲这个优良传统。否，否，绝不是这样。中国各社会群体提倡的也大都是这样的优良传统，否则全国许多地方都有的岳庙和文天祥祠堂应该怎样去解释呢？而包公和海瑞受到人民大众的普遍膜拜，又怎样去解释呢？只因为我现在讲的是北大，讲的是北大的知识分子，所以我只能这样讲。

一般说来，表现优良传统主要在人。专就北大而论，人共有两部分：一个是教师，包括一部分职工；一个是学生。前者比较固定，而后者则流动性极大，这一点我在上面已经谈到。学生每隔几年就要换班。因此，表现北大传统的主要是教师。在过去一百年内，在北大担任过或者还正在担任着教师的人，无虑数万。他们的情况不尽相同。有出类拔萃者，也有默默无闻者，而前者又只能是少数。可是人数虽少而能量却大。北大有优良传统是靠他们来传承，北大的名声主要靠他们来外扬。有如夜空中的群星，有璀璨光耀者，有微如烛光者。我们现在称之为"星辰"者就是群星中光耀照人者。"辰"的含义颇多，《左传》把日、月、星三光都称之为"辰"。大家不必拘泥于一解，只了解它的一般含义就行了。

现在北大要纪念百年诞辰，这实在是学坛盛事，有深远意义，而且意义还不限于北大一校，这应当是大家的共识。北大的有关方面妙想天开，异军突起，想以北大过去一百年来的名人为线索，来表现北大的优良传统，来表现北大对社会对人类的贡献。这实在是一个很好的想法，立即得到了校内许多人的支持。主编萧超然教授垂青不佞，命我作序，以我之谫陋，何敢担此重任。但又念我在北大已五十多年，占北大百年校史之一半有余，对北大的过去和现在是有所了解的，当仁不让，义不容辞，所以在惶恐觳觫之中，写成此序，大胆地提出了自己对北大优良传统的看法，切盼全校以及校外的贤达指正。

1998年7月6日

两行写在泥土地上的字

夜里有雷阵雨,转瞬即停。"薄云疏雨不成泥",门外荷塘岸边,绿草坪畔,没有积水,也没有成泥,土地只是湿漉漉的。一切同平常一样,没有什么特异之处。

我早晨出门,想到外面呼吸点新鲜空气,这也同平常一样,并没有什么特异之处。

然而,我的眼睛一亮,蓦地瞥见塘边泥土地上有一行用树枝写成的字:

　　季老好　98级日语

回头在临窗玉兰花前的泥土地上也有一行字:

　　来访　98级日语

我一时懵然，莫名其妙。还不到一瞬间，我恍然大悟：98级是今年的新生。今天上午，全校召开迎新大会；下午，东方学系召开迎新大会。在两大盛会之前，这一群（我不知道准确数目）从未谋面的十七八九岁的男女大孩子们，先到我家来，带给我无法用言语形容的这一番深情厚谊。但他们恐怕是怕打扰我，便想出了这一个惊人的匪夷所思的办法，用树枝把他们的深情写在了泥土地上。他们估计我会看到的，便悄然离开了我的家门。

我果然看到他们留下的字了。我现在已经望九之年，我走过的桥比这一帮大孩子走过的路还要长，我吃过的盐比他们吃过的面还要多，自谓已经达到了"悲欢离合总无情"的境界。然而，今天，我一看到这两行写在泥土地上的字，我却真正动了感情，眼泪一下子涌出了眼眶，双双落到了泥土地上。

我是一个平凡的人，生平靠自己那一点勤奋，做出了一点微不足道的成绩。对此我并没有多大信心。独独对于青年，我却有自己一套看法。我认为，我们中年人或老年人，不应当一过了青年阶段，就忘记了自己当年穿开裆裤的样子，好像自己一下生就老成持重，对青年总是横挑鼻子竖挑眼。我们应当努力理解青年，同情青年，帮助青年，爱护青年。不能要求他们总是四平八稳，总是温良恭俭让。我相信，中国青年都是爱国的，爱真理的。即使有什么"逾矩"的地方，也只能耐心加以劝说，惩罚是万不得已而为之的。一个国家，一个民族，如果对自己的青年失掉了信心，那它就失掉了希望，失掉了前途。我常常这样想，也努力这样做。在风和日丽时是这样，在阴霾蔽天时也是这样。这要不要冒一点风险呢？要的。但我人微言轻，人小力薄，除了手中的一支圆珠笔以外，就只有嘴里那三寸不烂之舌，除了这样做以外，也没有别的办法。

大概就由于这些情况，再加上我的一些所谓文章，时常出现在报刊杂志上，有的甚至被选入中学教科书，于是普天下青年男女颇有知道我的姓名的。青年们容易轻信，他们认为报刊杂志上所说的都是真实的，就轻易对我产生了一种好感，一种情意。我现在几乎每天都能收到全国各地，甚至穷乡僻壤、边远地区青年们的来信，

季羡林先生在北大住所前留影

大中小学生都有。他们大概认为我无所不能,无所不通,而又颇为值得信赖,向我提出各种各样的问题,有的简直石破天惊,有的向我倾诉衷情。我想,有的事情他们对自己的父母也未必肯讲的,比如想轻生自杀之类,他们却肯对我讲。我读到这些书信,感动不已。我已经到了风烛残年,对人生看得透而又透,只等造化小儿给我的生命画上句号。然而这些素昧平生的男女大孩子的信,却给我重新注入了生命的活力。苏东坡的词说:"谁道人生无再少?门前流水尚能西。休将白发唱黄鸡。"我确实有"再少"之感了。这一切我都要感谢这些男女大孩子们。

东方学系98级日语专业的新生,一定就属于我在这里所说的男女大孩子们。他(她)们在五湖四海的什么中学里,读过我写的什么文章,听到过关于我的一些传闻,脑海里留下了我的影子。所以,一进燕园,赶在开学之前,就迫不及待地把自己那一份情意,用他们自己发明出来的也许从来还没有被别人使用过的方式,送到了我的家门口来,惊出了我的两行老泪。我连他们的身影都没有看到,我看到的只是池塘里面的荷叶。此时虽已是初秋,却依然绿叶擎天,水影映日,满塘一片浓绿,回头看到窗前那一棵玉兰,也是翠叶满枝,一片浓绿。绿是生命的颜色,绿是青春的颜色,绿是希望的颜色,绿是活力的颜色。这一群男女大孩子正处在平常人们所说的绿色年华中,荷叶和玉兰所象征的正是他们。我想,他们一定已经看到了绿色的荷叶和绿色的玉兰。他们的影子一定已经倒映在荷塘的清水中。虽然是转瞬即逝,连他们自己也未必注意到。可他们与这一片浓绿真可以说是相得益彰，溢满了活力，充满了希望，将来左右这个世界的，决定人类前途的正是这一群年轻的男女大孩子们。他们真正让我"再少"，他们在这方面的力量绝不亚于我在上面提到的那些全国各地青年的来信。我虔心默祷——虽然我并不相信——造物主能从我眼前的八十七岁中抹掉七十年，把我变成一个十七岁的少年，使我同他们一起学习，一起娱乐，共同分享普天下的凉热。

1998年9月25日

欢送北大进入新世纪新千年

76年前，当北大庆祝25周年校庆的时候，李大钊同志在《本校成立第二十五年感念》一文中说："我以极诚挚的意思，祝本校学术上的发展。只有学术上的发展，值得作大学的纪念。只有学术上的建树，值得'北京大学万万岁'的欢呼。"

在北大纪念27周年校庆的时候，鲁迅先生在《我观北大》一文中说："第一，北大常为新的，改进的运动的先锋，要使中国向着好的，往上的道路走。……第二，北大是常与黑暗势力抗战的，即使只有自己。……仅据我所感得的说，则北大究竟还是活着的，而且还在生长的。凡活的而且在生长者，总有着希望的前途。"

这些都是七十多年前的话，在这一段时间内，无论是世界，还是我们的国家，都经历了天翻地覆的变化。可是，我们都可以看到，今天的北大仍然活着，而且还在生长。我们依然重视学术研究，而且取得了辉煌的成绩。

多少年来我形成了一个看法，我认为，中国的知识分子——古代所谓"士"——同其他国家是不相同的。两千年来，中国知识分子形成了一个优良的传统：关心国家大事，用今天的话来说就是爱国主义。从不同朝代的学生运动来看，矛头指向的对象是不一样的，但其为爱国则一也。中国近代当代的知识分子继承了这个传

1998年5月，季羡林先生与北大师生代表一起撞响大钟。

统，而北大则尤为突出。

北大进入了新世纪、新千年将会怎样呢？我认为，仍然将会继承这个爱国的优良传统，这一点绝用不着怀疑。但是，我却有一个进一步的希望。我们今天的知识分子，不管是年轻的还是年

老的，在这个地球已经变成了鸡犬之声相闻的地球村时，我们的眼光必须放远。我们不应当只满足于关心国家大事，而应当更关心世界大事。

目前，我们的世界大事是什么呢？我们的世界形势怎样呢？大家都能看到，依然是强凌弱，富欺贫，大千板荡，烽烟四起，发达国家依然是骄纵跋扈，不可一世。发展中国家有的依然是食不果腹。可是，在另一方面，正如一百多年前恩格斯在《自然辩证法》中所说的那样："我们不能过分陶醉于我们对自然界的胜利，对于每一次这样的胜利，自然界都报复了我们。"报复的表现已经十分清楚：生态失衡，物种灭绝，人口爆炸，淡水匮乏，污染严重，臭氧出洞，如此等等，不一而足。其中任何一个问题不解决，都会影响人类生存的前途。这一点世界上已经有人注意到，但是远远不够。

到了下一个世纪，我们北大人一方面要继承爱国主义传统，加强学术研究，增强国家的力量。另一方面又要记住恩格斯的话，努力实行张载的民胞物与的精神。最后，我赠大家四句话：热爱祖国，热爱学术，热爱人类，热爱自然。

北大将会永远活着，永远生长。

2000年12月7日

北大时间最短的副教授[1]

我于1945年秋，在待了整整十年之后，从哥廷根到了瑞士，等候机会回国；在瑞士Fribourg住了几个月，于1946年春夏之交，经法国马塞和越南西贡，又经香港，回到祖国。先在上海和南京住了一个夏天和半个秋天。当时解放战争正在激烈进行，津浦铁路中断，我有家难归。当时我已经由恩师陈寅恪先生介绍，北大校长胡适之先生、代理校长傅斯年先生和文学院院长汤锡予（用彤）先生接受，来北大任教。在上海和南京住的时候，我一点收入都没有。我在上海卖了一块从瑞士带回来的自动化的Omega金表。这在当时国内是十分珍贵、万分难得的宝物。但因为受了点骗，只卖了十两黄金。我将此钱的一部分换成了法币，寄回济南家中。家中经济早已破产，靠摆小摊，卖炒花生、香烟、最便宜的糖果之类的东西，勉强糊口。对于此事，我内疚于心久矣。只是阻于战火，被困异

---

[1] 本文选自《学海泛槎·回到祖国》，标题为编者所加。

域。家中盼我归来，如大旱之望云霓。现在终于历尽千辛万苦回来了，我焉能不首先想到家庭！家中的双亲——叔父和婶母，妻、儿正在嗷嗷待哺哩。剩下的金子就供我在南京和上海吃饭之用。住宿，在上海是睡在克家家中的榻榻米上，在南京是睡在长之国立编译馆的办公桌上，白天在台城、玄武湖等处游荡。我出不起旅馆费，我还没有上任，根本拿不到工资。

在这样的情况下，我无书可读，无处可读。我是多么盼望能够有一张哪怕是极其简陋的书桌啊！除了写过几篇短文外，一个夏天，一事无成。一个人的生命是有限的。古人说："一寸光阴一寸金，寸金难买寸光阴。"我自己常常说，浪费时间，等于自杀。然而，我处在那种环境下，又有什么办法呢？我真成了"坐宫"中的

北京大学东方学系、东方学研究院所在的教学楼

杨四郎。

我于1946年深秋从上海乘船北上,先到秦皇岛,再转火车,到了一别十一年的故都北京。从山海关到北京的铁路由美军武装守护,尚能通车。到车站去迎接我们的有阴法鲁教授等老朋友。汽车经过长安街,于时黄昏已过,路灯惨黄,落叶满地,一片凄凉。我想到了唐诗"落叶满长安",这里的"长安",指的是"长安城",今天的"西安"。我的"长安"是北京东西长安街。游子归来,古城依旧,而岁月流逝,青春难再。心中思绪万端,悲喜交集。一转瞬间,却又感到仿佛自己昨天才离开这里。叹人生之无常,嗟命运之渺茫。过去十一年的海外经历,在脑海中层层涌现。我们终于到了北大的红楼。我暂时被安排在这里住下。

按北大当时的规定,国外归来的留学生,不管拿到什么学位,最高只能定为副教授。清华大学没有副教授这个职称,与之相当的是专任讲师。至少要等上几年,看你的教书成绩和学术水平,如够格,即升为正教授。我能进入北大,已感莫大光荣,焉敢再巴蛇吞象有什么非分之想!第二天,我以副教授的身份晋谒汤用彤先生。汤先生是佛学大师。他的那一部巨著《汉魏两晋南北朝佛教史》,集义理、词章、考据于一体,蜚声宇内,至今仍是此道楷模,无能望其项背者。他的大名我仰之久矣。在我的想象中,他应该是一位面容清癯、身躯瘦长的老者,然而实际上却恰恰相反。他身着灰布长衫,圆口布鞋,面目祥和,严而不威,给我留下了十分深刻的印象。暗想在他领导下工作是一种幸福。过了至多一个星期，他告诉我，学校决定任我为正教授，兼文学院东方语言文学系的系主任。这实在是大大地出我意料。要说不高兴，那是过分矫情；要说自己感到真正够格，那也很难说。我感愧有加，觉得对我是一种鼓励。不管怎样，副教授时期之短，总可以算是一个纪录吧。

1997年12月

在北大找到了出路[1]

当时北大文学院和法学院的办公室都在沙滩红楼后面的北楼。校长办公室则在孑民纪念堂前的东厢房内，西厢房是秘书长办公室。所谓"秘书长"，主要任务同今天的总务长差不多，处理全校的一切行政事务。秘书长以外，还有一位教务长，主管全校的教学工作。没有什么副校长。全校有六个学院：文、理、法、农、工、医。这样庞大的机构，管理人员并不多，不像现在大学范围内有些嘴损的人所说的：校长一走廊，处长一讲堂，科长一操场。我无意宣扬旧时代有多少优点，但是，上面这个事实确实值得我们深思。

北大图书馆就在北楼前面，专门给了我一间研究室。我能够从书库中把我所用的书的一部分提出来，放在我的研究室中。我了解到，这都是出于文学院院长汤锡予先生和图书馆馆长毛子水先生的厚爱。现在我在日本和韩国还能见到这情况，中国的大学，至少是

---

[1] 本文选自《学海泛槎·回到祖国》，标题为编者所加。

在北大，则是不见了。这样做，对一个教授的研究工作，有极大的方便。汤先生还特别指派了一个研究生马理女士做我的助手，帮我整理书籍。马理是已故北大国文系主任马裕藻教授的女儿、赫赫有名的马珏的妹妹。

北大图书馆藏书甲大学的天下。但是有关我那专门研究范围的书，却如凤毛麟角。全国第一大图书馆北京图书馆，比较起来，稍有优越之处，但是，除了并不完整的巴利文藏经和寥寥几本梵文书外，其他重要的梵文典籍一概不见。燕京大学图书馆是注意收藏东方典籍的。可是这情况是1952年院系调整后才知道的，新中国成立前，我毫无所知。即使燕大收藏印度古代典籍稍多，但是同欧洲和日本的图书馆比较起来，真如小巫见大巫，根本不可能同日而语。

在这样的情况下，我真如虎落平川、龙困沙滩，纵有一身武艺，却无用武之地。我虽对古代印度语言的研究恋恋难舍，却是一筹莫展。我搞了一些翻译工作，翻译了马克思论印度的几篇论文，翻译了德国女作家安娜·西格斯的短篇小说。我还翻译了恩格斯的用英文写成的《英国工人阶级状况》，只完成了一本粗糙的译稿，后来由中共中央马列著作翻译局拿了去整理出版，收入《马克思恩格斯全集》中。这些工作都不是我真正兴趣之所在，不过略示一下我是一个闲不住的人而已。

这远远不能满足我那种闲不住的心情。当时的东方语言文学系，教员不过五人，学生人数更少。如果召开全系大会的话，在我那只有十几平方米的系主任办公室里就绰绰有余。我开了一班梵文，学生只有三人。其余的蒙文、藏文和阿拉伯文，一个学生也没有。我"政务"清闲，天天同一位系秘书在办公室里对面枯坐，既感到极不舒服，又感到百无聊赖。当时文学院中任何形式的会都没有，学校也差不多，有一个教授会，不过给大家提供见面闲聊的机会，一点作用也不起的。

汤用彤先生正开一门新课《魏晋玄学》。我对汤先生的道德文章极为仰慕。他的著作虽已读过，但是，我在清华从未听过他的课，极以为憾。何况魏晋玄学的研究，先生也是海内第一人。课堂就在三楼上，我当然不会放过。于是征求了汤先生的同意，我每堂必到。上课并没有讲义，他用口讲，我用笔记，而且尽量记得详细完整。他讲了一年，我一堂课也没有缺过。汤先生与胡适之先生不同，不是口若悬河的人。但是他讲得细密、周到，丝丝入扣，时有精辟的见解，如石破天惊，令人豁然开朗。我的笔记至今还保存着，只是"只在此室中，书深不知处"了。此外，我因为感到自己中国音韵学的知识欠缺，周祖谟先生适开此课，课堂也在三楼上，我也得到了周先生的同意去旁听。周先生比我年轻几岁，当时可能还不是正教授。别人觉得奇怪，我则处之泰然。一个系主任教授随班听课，北大恐尚未有过，但是，这有什么关系呢？能者为师。在学问上论资排辈，为我所不取。

然而我心中最大的疙瘩还没有解开：旧业搞不成了，我何去何从？在哥廷根大学汉学研究所图书室阅书时，因为觉得有兴趣，曾随手从《大藏经》中，从那一大套笔记丛刊中，抄录了一些有关中印关系史和德国人称之为"比较文学史"（Vergleichende Literaturge-schichte）的资料。当时我还并没有想毕生从事中印关系史和比较文学史的研究工作，虽然在下意识中觉得这件工作也是十分有意义的，非常值得去做的。回国以后，尽管中国图书馆中关于印度和比较文学史的书籍极为匮乏，但是中国典籍则浩瀚无量。倘若研究中印文化关系史和比较文学史，至少中国这一边的资料是取之不尽、用之不竭的，而且这个课题至少还同印度沾边，不致十年负笈，前功尽弃。我反复思考，掂斤播两，觉得这真是一个极为灵妙的主意。虽然我心中始终没有忘记印度古代语言的研究，但目前也只能顺应时势，有多大碗吃多少饭了。

我终于找到了出路。

1997年12月

记北大1930年入学考试

1930年，我高中毕业。当时山东只有一个高中，就是杆石桥山东省立高中，文理都有，毕业生大概有七八十个人。除少数外，大概都要进京赶考的。我之所谓"京"是一个形象的说法，就是指的北京，当时还叫"北平"。山东有一所大学：山东大学，但是名声不显赫，同北京的北大、清华无法并提。所以，绝大部分高中毕业生都进京赶考。

当时北平的大学很多。除了北大、清华以外，我能记得起来的还有朝阳大学、中国大学、郁文大学、平民大学、辅仁大学、燕京大学等。还有一些只有校名，没有校址的大学，校名也记不清楚了。

有的同学大概觉得自己底气不足，报了五六个大学的名。报名费每校三元，有几千学生报名，对学校来说是一笔不小的收入。我本来是一个上不得台盘的人，新育小学毕业就没有勇气报考一中。但是，高中一年级时碰巧受到了王寿彭状元的奖励。于是虚荣心起了作用：既然上去，就不能下来！结果三年高中：六次考试，我考了六个第一名。心中不禁"狂"了起来。我到了北平，只报了两个学校：北大与清华。结果两校都录取了我。经过反复的思考，我弃北大而取清华。后来证明我这个判断是正确的。否则我就不会有留德十年。没有留德十年，我以后走的道路会是完全不同的。

那一年的入学考试，北大就在沙滩，清华因为离城太远，借了北大的三院做考场。清华的考试平平常常，没有什么特异之处。北大则极有特色，至今忆念难忘。首先是国文题就令人望而生畏，题目是"何谓科学方法？试分析评论之"。又要"分析"，又要"评论之"，这究竟是考学生什么呢？我哪里懂什么"科学方法"。幸而在高中读过一年逻辑，遂将逻辑的内容拼拼凑凑，写成了一篇答卷，洋洋洒洒，颇有一点神气。北大英文考试也有特点。每年必出一首旧诗词，令考生译成英文。那一年出的是"别来春半，触目愁肠断。砌下落梅如雪乱，拂了一身还满"。所有的科目都考完以后，又忽然临时加试一场英文dictation[1]。一个人在上面念，让考生整个记录下来。这玩意儿我们山东可没有搞。我因为英文单词记得多，整个故事我听得懂，大概是英文《伊索寓言》一类书籍抄来的一个罢。总起来，我都写了下来。仓皇中把suffer写成了safer。

我们山东赶考的书生们经过了这几大灾难，才仿佛井蛙从井中跃出，大开了眼界，了解到山东中学教育水平是相当低的。

2003年9月28日

---

1 dictation：听写。

第四辑
北大红楼日记选

接到汤用彤先生通知被聘为北大教授

一九四六年　五月二十四日

　　昨天因为喝了茶，又喝咖啡，虽然吃了安眠药，仍没能睡好。早晨七点前起来，看黎东方先秦史，箫来，我们到虎文屋同他谈了谈，虎文回来，带了一大批信，居然有叔父他老人家的，我真是大喜过望，同时汤用彤先生通知，我已经被任为北京大学教授，可谓双喜。十二点多俞剑华先生带了儿子来，请我们到三和楼去吃饭，吃完又回来，一直谈到五点他们才走。回屋，休息了会，六点同西园、虎文出去到三和楼去吃饭，现在一回国，只恨自己的胃太小，好吃的东西真太多了。回到旅馆，看了会书，就睡。

收到北大寄来的聘书

一九四六年　六月十九日

早晨七点起来，吃过早点，休息了会，就出去到山西路中央图书馆北城阅览室去，抄wala。十二点出来，到一个小馆里吃了一碗面，就回编译馆来，还在闲谈的时候，忽然接到北大寄来的临时聘书，我心里忽然一动又想在南京留下，于是立刻同长之出去找宗白华先生。他在家，人颇有风趣，一直谈到五点才回来。以为幼平在这里，然而他没来。我又出去吃饭，吃完就到兴华旅馆去看虎文，九点回来，外面下着雨。

同蒋豫图谈时局

一九四六年　七月十六日

早晨七点起来，吃过早点，其实是刚吃了一半，蒋豫图来。因为屋里太热，我们就把椅子搬出去到晒台上去坐下闲话起来。我们都是同调，既不满意国民党，又不了解共产党，谈起来很投机。十二点买了几个大面包，我打开了两盒罐头，我们大吃一顿。吃完他就走了。天气也热起来，今天真是热，脱光了上身，坐着，汗仍然是泉水似地流。看汤用彤印度哲学史。六点出去买了碗馄饨，回来就面包吃了。金兆梓先生来，此公颇健谈，幼平来，吴元亮也来，最后走，十一点多睡。

赴北大任教

一九四六年　九月二十一日

昨天在饭馆子里喝了茶,结果是失眠一夜。五点起来,轮了班看行李,同姜秉松先生谈了半天。吃过早点,叫了辆洋车,把行李放上同姜到车站去。九点多车开,沿路每一个站都有碉堡,守卫森严,令人胆战。在车上几乎每站都买东西吃,以唐山烧鸡为最好。九点五十分到北平。我在黑暗中,看到北平的城墙,不知为什么,忽然流下泪来。北大派阴法鲁孙衍眹到车站去接,坐汽车到沙滩红楼住下。

九月二十二日

夜里虽然吃了安眠药,但仍没睡好。早晨很早就起来了,洗过脸，到外面澡堂里去洗了一个澡，回来，阴同孙在这里等我。我们一同出去到一个小饭馆里喝了碗豆浆，吃了几个烧饼，阴就领我去看汤锡予先生。我把我的论文拿给他看，谈了半天。临出门的时

季羡林先生日记第二十一册（1946.5.1—1946.8.12）

候，他告诉我，北大向例（其实清华也一样）新回国来的都一律是副教授，所以他以前就这样通知我，但现在他们却破一次例，直截请我做正教授，这可以说是喜出望外。又同阴到东昌胡同去看傅孟

真先生。他正要出门,在院子里坐了会,就出来坐洋车到国会街去取行李。取了回来,到理学院对面小馆里吃过午饭,回来躺下无论如何也睡不着。起来整理了下书籍,出门到东安市场去,别来十一年,市场并没有改变,看了看旧书摊,忽然头昏起来,买了点吃的东西就回来,吃完就睡。

在北大第一次见胡适

一九四六年　九月二十三日

夜里仍是失眠,早晨七点起来,洗过脸,到外面去吃早点的时候,遇到阴,一同吃过,就到他的宿舍里去,谈了谈他的研究范围。去了许多他的朋友,十一点到院长室去见汤先生。他领我到校长室去见胡适之先生,等了会,他才去。同他对面谈话,这还是第一次,我只觉得这声名大得吓人的大人物有点外交气太重,在校长室会到杨振声朱光潜邓恭三。

到清华替陈寅恪先生看房子

一九四六年　九月二十七日

　　早晨六点就起来，七点多出去到一个小摊上，站着喝了杯豆付〔腐〕浆，就到清华同学会去等汽车。八点车开，闷在里面什么也看不到，九点前到清华园。一别十一年，今又重逢，心里心绪万端。先到新南院五十二号去替陈寅恪师看房子，又到办公处同何汝楫谈移入后及家俱问题。清华并不像报纸上登的那样破坏得厉害，这也是一点安慰。出清华到成府去看佟忠良，他正在地里作工。我找到他同他谈了谈陈先生的近况。出门到海淀，坐汽车到西直门。上电车的时候，钢笔被扒去。它随了我十二年，走了半个地球，替我不知写了多少万字，今一旦分离，心里极难过。到四牌楼吃过午饭，坐汽车到中国银行汇家三十万元，到琉璃厂商务去买了几本书，又到东安市场买了一支派克51钢笔，作为今天损失的补偿。六点前回来，随后吃了点东西当晚饭。

写研究计划

一九四六年　九月二十八日

早晨七点起来，洗过脸，出去吃过早点，回来写给陈寅恪师一封信，开始写下学年研究计划。十点前到图书馆去，进书库里去查书，主要的是看关于佛教方面的书，并把唐写本《妙法莲华经》残卷同大正新修《大藏经》对了下。十一点多回来，接着写研究计划，十二点出去到理学院对过小馆里去吃过午饭，回来躺下休息了会，起来把研究计划写完，五点去找阴同孙，谈了会，六点我们到东安市场去。我请他们吃涮羊肉，已经十几年没有吃了，真可以说是天下绝美，吃完同阴买了点东西，一同走回来。

到隆福寺买书

一九四六年　十月二日

早晨，不到六点就起来了，洗过脸，看Copleston，Buddhism[1]，心里直恶心，不想吃东西。九点汤锡予先生来，同他到办公室请他给我写了个保证书，就到图书馆去，替东方语文系开书单。这书单还真不好开，因为目录是分年编的，十一点我就坐车到国立北平图书馆去，找到丁瀞先生，也不得要领。一点前回来，人直想作呕，不想吃东西，躺下休息了会。起来，杨翼骧同李炳泉刘时平来，请我作《益世报》的特约撰述。他们走后我又到图书馆去，有些书的价钱还是没法确定，只好回来。二点到市场去，买了本书，到润明

1　Buddhism：雷金纳德·科普尔斯顿（Reginald Copleston）所著《佛教：源起与现状，在摩揭陀和锡兰》（*Buddhism: Primitive and Present, in Magadha and in Ceylon*）。——编者注

楼去，崔金戎请客，同请的有朱光潜先生，陈乐桥还有一位救济分署署长。吃完饭，同朱先生一同回来。风大，很冷。

十月三日

早晨七点前起来，洗过脸，吃了几片饼干，念 *Tocharische Sprachreste*[1]。九点半隋树森来，我们一同出去。我先到院长办公室把书单缴给汤先生，就同隋到隆福寺去。

这是一条有名的旧书店街，我以前还没有来过。我因为钱已经不多了，不想再买书。但一看到书就非买不行，结果又买了两万元的书。旧书真便宜得要命，其实不够纸钱。他们自己也说，看着书卖出去，心里真痛，不卖又没钱吃饭。一直看到两点还没完，我到一个饭馆里吃过午饭，就回来。看了会书，四点到图书馆去看报，忽然看到《益世报》上登了一篇访问我的记录，我于是就到市场去买了份《益世报》，不由又到书摊去看了趟，结果又买了一本。决意十天不上馆子，只啃干烧饼。回来吃了几块饼干，因为没有电，很早就躺下。

---

1 *Tocharische Sprachreste*：《吐火罗语残卷》，西克（Sieg）、西克灵（Siegling）合著。

出任东语系主任

一九四六年　十月七日

早晨六点多起来，洗过脸，吃了几个花生当早点，看了会书，八点到图书馆去，念实习梵语学，看 Copleston，Buddhism，十一点回来，看到汤先生的条子，就到院长办公室去，他告诉我，他刚同胡适之先生谈过，让我担任新成立的东方语文学系的主任。我谦辞了一阵，只好接受。同姚从吾回到屋里，看了看我带来的书。十二点他走，我就同杨翼骧到理学院去吃饭，吃完回来，躺下休息一会，但神经很兴奋，只是睡不着。三点半到豫图家去看长之，同他到国立北平图书馆去。丁先生领我们看了看书库，出来到北海去玩了玩，已经十一年没来了，里面也没有什么改变，六点回到豫图家，不久就吃晚饭，吃的是炸酱面，其味绝美，谈到八点半回来。

季羡林先生初入北大执教时期日记

陈寅恪到北平

一九四六年　十月二十七日　星期日

早晨七点前起来，洗过脸，没吃早点，写给叔父一封信。屋里非常冷，简直冻得手足麻木，写字都感到不方便。十点邓恭三来，告诉我，陈寅恪师已经到了北平，当天就迁到清华园去了。他走后，我再也受不住，出去到太阳里去站了会，十二点到理学院去吃饭，吃完回到屋里，仍然是受不住，又拿了本书到操场旁边太阳里去。三点前回来，任继愈阴法鲁杨翼骧相继来。我们一同出去逛小市，买了床褥子，坐洋车回来送下，又回去到东市市场取出图章，到东来顺去，阴同杨请我同任氏夫妇吃饭，吃完回来到阴屋里去闲谈，九点回屋。

北大领薪水，听胡适演讲

一九四七年　一月十七日

夜里吃了两片得巴辛，早上快到七点才起来。洗过脸，出去吃过早点，到研究室去，抄西化问题的侧面观，九点到北楼去上汤先生的课，下了课，去找汤先生谈了谈，又到秘书处去问薪水问题，最后到文书组要了一封公函。回到红楼，到合作社要了一张面粉票，就到北楼系办公室去。十二点下去吃过午饭，到马子实家坐了会。回来，两点到北楼去上课。下了课同邓嗣禹老常谈了谈，回到红楼到地下室去搬了一袋面，累了一身汗。五点到对面小馆吃过晚饭，回来，抄论文。

一月十八日

早晨六点多起来，洗过脸，抄了点论文，八点出去吃过早点，到研究室去，抄论文。九点到出纳组预备去领薪水，以为已经一切就序，但我认识北大还不够，到了才知道，还是一塌糊涂。到秘书处去交涉，结果是把支票领出来了，十点到北楼去上课，十一点多下了课，到金城银行取出钱，到邮局寄钱给家里，寄完到北楼地下室去吃饭，吃完回到研究室，休息了一会，两点半到北楼去听胡适之先生的演讲宋代理学产生的背景，到底他的叫座能力大，人多得要命，连外面都是人，讲的却也真好，简直是一个享受。四点多讲完，到东华门大街理了理发，到市场附近一个馆子里吃过晚饭，回来，阴法鲁来谈，庄孝德也来。

到汤用彤先生家过年

一九四七年　一月二十一日

早晨七点前起来,洗过脸,出去吃过早点,到图书馆研究室去,抄西化问题的侧面观。十点到北楼系办公室去。不久牟有恒去,谈了谈岑仲勉的一篇文章。汤先生去,请我今天晚上到他家去过年,十一点下去上汤先生的课,十二点下课到地下室吃过午饭,就回来,立刻又出去到东安市场去,买许多年糕之类的东西,预备送人。三点多回来,长之来,同他一起冒雪去逛北海,登上白塔一看,景色美得不能形容。雪始终没停,五点回来,沈从文来,请我去过年,可惜已经有约了。他走后,我就同阴法鲁、石峻、冯文炳到汤先生家去,谈了会,吃了顿很丰富的晚饭,一直谈到过了十二点才回来。这古城里充满了鞭炮声。

一月二十二日

今天是旧历元旦，今天很早就醒了，躺到七点多起来，洗过脸，吃了两块点心，抄西化问题的侧面观，但心绪不好，抄不下去。到庄孝德屋里闲谈了半天，十点半一个人出去到隆福寺街去看了看，没有人，就到东安市场去，人也很少，只好到东来顺去吃饭。吃完想到吉祥去听戏，想了想又走出来，买了点水果回来。牟有恒来，谈了半天，他走后，人觉得非常疲倦，躺下睡了会，马坚来，他走了，我又躺下。天黑下来的时候，庞静亭来，谈了会也就走了。吃了几块点心当晚饭，看报，八点就睡。

到陈寅恪先生家开书目

一九四七年　五月十四日

早晨六点起来，洗过脸，看了会书，七点多出去吃早点。吃完到北楼去上课，八点半下来，回来拿了酒，到骑河楼上汽车到清华去。下了车，到陈寅恪先生家，开始开一个详细书目。他要把关于梵文的书卖给北大，一直到十二点多才完。在他〈家〉吃过午饭，谈了几个问题，就又坐汽车回来。休息了会，到研究室去看一切经音义，五点半到北楼吃过晚饭回来，看了会报，马行汉同杨金魁来，我同他们一同到东四清真寺去看马松亭先生，讨论选送研究生的事情，十点才回来。

到陈寅恪先生家议定书价（1947年6月10日）

到陈寅恪家议定书价

一九四七年　六月十日

早晨六点多起来，洗过脸，出去买了几个炸糕，回来吃了。看了会书，八点到研究室去了趟。八点多出去，路上遇到豫图，到骑河楼上车到清华去。下了车先去看邵循正，同他一同到陈寅恪师家把书价议定。在那里遇到周一良，一同吃过午饭，同周一良步行到燕京，雇三轮一直回到北大。到北楼系办公室看了看，到图书馆研究室去，三点Bagchi去，谈了会，送他出来。又回去坐了会，回来，在下面看了会赛篮球的，出去吃过晚饭，回来躺下休息了会，又闹痔疮，很不舒服。

六月十一日

早晨六点起来,洗过脸,出去买了几个炸糕,回来吃了,看了会书,躺了会,九点到金城银行领出稿费,到研究室看了看,就到北楼系办公室去。汤先生去,谈了会就走了,看Jesperson[1] Language[2]。十一点半去见郑毅生,谈昨天交涉书价的情形。又回到北楼文学院长办公室同汤先生谈了谈,等到马子实,一同谈招收回教学生的事情。十二点半出去到对面小馆吃过午饭,回来躺下睡到三点才起来。到研究室去看了看,又回来,仍然躺下休息。

---

1 Jesperson:奥托·叶斯柏森(Otto Jespersen,1860—1943),是享誉国际的丹麦语言学家,被公认为百年来英语语法的最高权威。——编者注

2 Language:叶斯柏森著作《语言论:语言的本质、发展和起源》(*Language*:*Its Nature Devolepment and Origin*)。——编者注

去陈寅恪先生家付书款

一九四七年　六月十三日

早晨六点起来，洗过脸，出去买炸糕，回来吃了，看了会书，八点前到北楼去上课，十点下课，同汤先生谈了谈又去同周炳琳先生谈了谈甄选留土学生的事情。回到研究室去坐了会，十一点到秘书处去，又到出纳组领出购书费五千万元，到外面吃过午饭，回来躺了会，到石峻屋里去开书目。三点到图书馆去看报，三点半到骑河楼等汽车到清华去。下了车到邵循正家同他一同去看陈寅恪先生，把支票交给他，立刻又回到校门赶汽车回来，吃过晚饭，回到屋里，看胡适论学近著。

回济南

一九四七年　七月十六日

早晨六点起来，洗过脸，出去吃过早点，九点坐三轮车到中原公司去，想买点东西，但还没开门，就到中国航空公司去从那里又坐洋车到月盛斋。羊肉又卖干净了，只好回到航空公司坐在汽车上等。忽然来了一阵大雨。十二点多到飞机场去，检查行李，一点飞机开。走的很平稳，但仍头昏想吐，好在不久就到了。下了飞机，算是又回到济南来了。离开十二年，今天又回来，心绪激动，说不出有什么感想。坐洋车到家，心里酸甜苦辣咸，更说不出是什么滋味。人头昏眼花，也没能吃什么东西，晚上许多人来看。

真巳时王蔚庭，两点多又回馆味睡到七点钟航空公司去，发给我到了票又坐回来，休息一下。七点半又从民权到中国航空去与飞印证大使话会，遇到有七月虎，李孝仁，何思源，邓七总局等，十点当回旅馆睡觉dajui一日也想起早上陆车回来。

十六日早晨三点起来，洗过脸，吃过早点，九点坐三轮车到中国公司去，专员出生西，但还没开门，决到中国航空公司去继即坐上汽车到月盛斋羊肉又卖源了，只好回到航空公司七坐汽车上车色计车到一阵大雨，十二点多到飞机场去检查行李，一点飞机升起。走时也平稳，但他儿都要吐，好在不久就到了。下飞机，第一次又回到济南来了，离开十二年，今天又回来心情激动，说不出有什么感觉。七后来到家，心情酸甜苦辣离开所来，说不出是什么滋味，人都睡觉了，也没什么东西。晚上对人来看。

十七日早晨三点起来，洗过脸，吃过早点，七汽车到西关上大街去看秋姝，谈了一会。到窦家去看三姐，她真老了。从那里到三纬街去找十一点半便回来，今天见九秦四七主日家知陆陆续续地来客人，一大半我都不认识。后乎几乎是人，陪客说话。人们听我敬倦,我返这回家。人们都说方是大喜事，正要乱的。

回济南（1947年7月16日）

七月十七日

早晨六点起来,洗过脸,吃过早点。坐洋车到西关上六街去看秋妹。谈了会,到剪子巷去看三姨,她真老了。从那里到三和街彭家去,十一点半才回来。今天是婶母的生日,家里陆陆续续地来客人,一大半我都不认识。屋里屋外全是人。陪笑谈话,人非常疲惫。我这次回家,人们都认为是大喜事,只要听到消息的全来了。吃过晚饭,才慢慢都走了。我自己回想过去的十几年,简单〔直〕不折不扣是一个梦。

七月十八日

早晨六点起来,洗过脸,吃了点东西,坐洋车到城里去看峻岑。他居然在家,他太太也在家,谈了会出来,到司马府孙家去了趟,又到高都司巷孟家,这都是新亲戚。十二点前回来,吃过午饭,躺了会,但睡不着,不久又来了客人,又起来陪着谈笑。我以前的生活太平静单调,现在又太乱,太紧张,神经有点应付不过来。吃过晚饭,又有人来,我自己糊里糊涂的,脑筋里有点不清楚,一直到很晚很晚才睡。

七月十九日

　　早晨六点起来，洗过脸，吃过早点，到商埠去看鸿高，找了半天才找到，他却又到别的地方去办公去了。进城到芙蓉街去买了点东西，回来，热了一身汗。刚才看着天要下雨，居然没下起来。吃过午饭，又有人来，连午觉都不能睡了。现在天天人来人往，觉得非常疲倦麻烦，终天送往迎来，想看点书都没有工夫，看来这个暑假恐怕不能作〔做〕什么工作了。吃过晚饭，联璧同子周来，我一见几乎不敢认了，他们走后，又坐在院子里谈天。

图书在版编目（CIP）数据

此情可待成追忆：季羡林的清华缘与北大情 / 季羡林著. -- 重庆：重庆出版社，2014.9（2014.12重印）

ISBN 978-7-229-08421-9

Ⅰ.①此… Ⅱ.①季… Ⅲ.①散文集—中国—当代
Ⅳ.①I267

中国版本图书馆CIP数据核字（2014）第164633号

此情可待成追忆：季羡林的清华缘与北大情
CIQING KEDAI CHENGZHUIYI: JIXIANLIN DE QINGHUAYUAN YU BEIDAQING

季羡林　著

出 版 人：罗小卫
策　　划：华章同人
出版监制：陈建军
责任编辑：徐宪江
特约编辑：穆　爽
营销编辑：王丽红
责任印制：杨　宁
封面设计：周伟伟

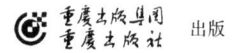

重庆出版集团
重庆出版社　出版

（重庆长江二路205号）

投稿邮箱：bjhztr@vip.163.com

三河市宏达印刷有限公司　印刷
重庆出版集团图书发行有限公司　发行
邮购电话：010-85869375/76/77转810

重庆出版社天猫旗舰店
cqcbs.tmall.com

全国新华书店经销

开本：880mm×1230mm　1/32　印张：8.625　字数：150千
2014年9月第1版　2014年12月第2次印刷
定价：36.00元

如有印装质量问题，请致电023-68706683

版权所有，侵权必究